U0600568

荣获美国童书至高荣誉
纽伯瑞儿童文学金奖

木头娃娃的旅行

［美］雷切尔·菲尔德◎著

刘荣◎译

四川人民出版社

作者简介
雷切尔·菲尔德

雷切尔·菲尔德（1894—1942），美国著名儿童文学作家、诗人。在短暂的一生中，她撰写了许多经典作品，曾获得一次纽伯瑞儿童文学奖金奖、一次纽伯瑞儿童文学奖银奖、一次美国国家图书奖、两次刘易斯·卡洛书架奖，以及一次凯迪克金奖。

雷切尔·菲尔德在美国的马萨诸塞州长大，毕业于瑞迪克利夫学院。雷切尔·菲尔德在她短暂的一生中，为孩子们撰写了很多脍炙人口的故事、诗歌和戏剧。她获奖的儿童作品有：1930年，《木头娃娃的旅行》获得纽伯瑞儿童文学奖金奖；1932年，《卡利柯灌木丛》获得纽伯瑞儿童文学奖银奖；1945年，《孩子的祈祷》摘下凯迪克金奖。

菲尔德还创作了针对成年读者的作品，她创作了畅销书《很久以前》（1935年），《锦上添花》（1938年），《从现在起到明天》（1942年）。同时，她还以她的诗歌《野雁告诉的》而闻名。菲尔德还为舒伯特在迪士尼电影《幻想曲》中的歌曲《万福玛利亚》编写了歌词。1938年，她的一部戏剧被改编成电影《伦敦德里小调》。

《木头娃娃的旅行》是她最为著名的作品，讲述了一个木头娃娃历经百年的传奇故事。它诞生于一个船长家里，跟随一家人出海捕鲸，在船上经历了暴风雨和大火，又被土著人抢走奉为神灵，后被小主人遗落到印度，沦落为耍蛇人的道具，又辗转落到传教士、裁缝、古董商等人手里，还参加过音乐会，遇见过诗人，当上过时装模特。一百年间，她四处漂泊，历经艰辛，但始终对生活心存希望、满怀感激。

目录

微信扫描
下方二维码

纽伯瑞儿童文学奖

诺贝尔文学奖

国际安徒生奖

卡内基文学奖

大师经典　世界名著　不朽之作
给孩子优质的文学滋养，给孩子精彩的全球视野，给孩子无穷的生命启迪。

微信扫描上方二维码，
即可获得更多线上数字资源，
徜徉更加广阔的文学世界！

第一章

在古董店里写回忆录

近来，古董店里很安静。前天，那只布谷鸟报时钟被人买走了。一般在白天，老猫西奥波特经常和我一起无聊地待着，到了晚上老猫就开始忙碌起来，因为店里时常有一些老鼠在橱柜处出没。还好老猫很敬业，现在老鼠们都不敢跑出来冒险了。

西奥波特仗着自己是店里唯一的非卖品，总是在我面前显出很傲慢的样子。我这并不是在批评它，谁身上没有点毛病呢？而且，正是因为有了它，我才能在这里开始写回忆录。当然，它的爪子就另当别论了，我不喜欢它的爪子。

实际上，西奥波特凭借着锐利的爪子和强有力的尾巴，偶尔会做出一些不合规矩的举动，但是它的本性并不坏。前天晚上，它睡在窗户边上，头枕着珠宝盘，打哈欠的时候差点把一只石榴红的耳环吞进肚子里。如果亨特小姐看到那一幕，肯定会非常不安的。不过，亨特小姐平时对西奥波特还是比较宽容的，毕竟，西奥波特算得上是店里的老人了，从古董店开业的那天起，它就没离开过这儿。再说说亨特小姐，她会在第一次见到你时，眼睛直勾勾地看着你，然后把你放在她的手中翻来覆去地察看，用菲比妈妈的话来说这真是一种古怪的行为。虽然我对此见怪不怪了，但还是

觉得这不是什么有教养的行为。不过，亨特小姐并没恶意，她是通过这种方式来鉴别古董，一旦让她发现你有价值，你就会得到她的优厚对待。也正因为我是一个价值不菲的娃娃，当我第三次在夜间从橱窗的椅子上滚下来，重重地摔到地上后，她决定不再让我冒着被摔下来的危险，坚持每天在店铺关门前把我从橱窗中取下来。

我就这样站在她那张乱糟糟的桌子上。我的脚踩着浸了绿色墨水的纸张，身后是一个墨水瓶架，四周堆满了雪白的文件和账单。不远处，一只旧海螺壳压在一堆乱纸上。这种漂亮的海螺壳我以前见过不少，不过看到它时我还是不禁遐想起来。想起了我在南太平洋岛屿上的奇遇。对面壁炉台上的玻璃瓶里面装着一只帆船模型。它让我想起来当初从波士顿港乘坐的"戴安娜－凯特"号，但它的样子太一般了，和"戴安娜－凯特"号相比，简直是天壤之别。

今晚那个来自瑞士的古老的音乐盒又开始工作了，听到《玫瑰和木樨草》这支华尔兹舞曲时，我感到很不舒服，这让我想起皮特伊先生当年在自己家里为年轻人所举办的那场沙龙舞会。当时，伊莎贝拉小姐就是和着这支曲子在舞池中翩翩起舞的，而且，当年举办那场沙龙的地方就在华盛顿广场对面，离我们这里仅一街之遥。不过，相比当年，如今这里的高楼大厦和街边小店要多出很多呢。

玻璃瓶里的那艘船，那个音乐盒弹出的舞曲和这支鹅毛笔勾起了我对往事的回忆，我打算把我经历的一切付诸笔端：这支鹅毛笔与青灰色的墨水盒搭配得再好不过了，但是现在鹅毛笔已经不流行了，就像女士们已经不穿带有鲸鱼骨饰品的衣服，或者小女孩们不再戴阔边帽子一样。不过，人总是很难忘记过去的，当年我就是看着克拉丽莎用鹅毛笔抄写了很多名言警句。而且我是这个古董店里最有价值的古董，亨特小姐和那位老绅士一致这么认为。鹅毛笔和我一样具有怀旧色彩，所以，我更喜欢用鹅毛笔而不是现在那种发出沙沙声的新式墨水笔来写字，于是，我握着这支鹅毛笔，开始写我的回忆录。

　　记得，一百多年前的一个寒冷的冬天，我出生在缅因州；关于我是怎么出生的，我自己是没法知道的，我只能从普雷布尔家的人的谈话中了解。他们常常谈起我，说我是被一个老货郎用一块花楸木雕刻出来的。由于那块花楸木很小，因此我注定是个小个子。那块花楸木是被老货郎从大海那一边的爱尔兰带过来的，很是宝贝。人们认为随身携带花楸木可以驱邪避凶。老货郎相信花楸木能给他带来好运，自然非常珍视，走街串巷叫卖货物的时候总是把我放在包的最下面。

　　通常，货郎们喜欢在每年的五月到十一月叫卖货物，因为这期间道路通畅，天气也暖和，便于做生意。货郎们叫卖着摆出各种小玩意儿，常会吸引农妇和她们的女儿们站在自家门口张望。但那一年老货郎比往年往北边走得更远一些。当他走到一个偏僻荒凉的小村庄时，暴风雪不期而至，使他无法前进。他举目四望，发现普雷布尔家里还亮着灯，只好走上前去。来到普雷布尔家厨房门前时，他敲响了门。

　　普雷布尔太太之后总是提起这段日子，说老货郎给了家里很大的帮助，不然那个漫长的冬天她和菲比真不知道该如何度过。因为虽然有打杂的男童安迪帮忙，但他们既要找柴火生火烧水，又要喂养马、牛、羊等家畜，三个人确实忙不过来。虽然后来天气转好，但还不适合上路，所有的船只都被困在波特兰港。而且普雷布尔船长好几个月后才能回来。于是，老货郎决定帮这家人做一些力所能及的零活，等到来年开春天气暖和了再走。

　　那时候，菲比只有 7 岁。小小的她有着一头美丽顺滑的垂在脸颊两侧的秀发，加上她活泼善良的性格，很是讨大家喜欢。正是因为她，我才从一块花楸木变成了一个只有 6.5 英寸高，还没有月桂树上的蜡烛大的木头娃娃；我记得自己最初待在一间正正方方的屋子里，里面温暖舒适，还能看到有一个像小洞一样的壁炉，壁炉里面的火苗正欢快地上蹿下跳着，壁炉上面的铁架子上挂着一只黑色的旧水壶。在这里，我听到了有生以来的第一句话，当时我听到菲比对她的妈妈和安迪说："看啊，娃娃的小脸雕好了。"他们立马过来围着我看。

当时，老货郎想让我身上的颜料快点干，因此捏着我在火光中翻来倒去。菲比在一旁观察，显得非常兴奋。普雷布尔太太看到我，感到不可思议，她无法想象老货郎在如此小的木头上竟然雕刻出了拥有如此精致五官和愉快笑脸的娃娃。她们赞不绝口，认为这样高超的手艺再也无人能及。晚上，他们把我放在壁炉台上，等着我被晾干。壁炉里微弱的火光跳动着，在墙上映出各种奇怪的影子。房间里老鼠们跑来跑去，吱吱叫着。窗外，大风呼啸，松枝摇摆作响。

菲比的妈妈认为，只有给我穿上合适的衣服后，菲比才能和我玩。虽然做针线活菲比不拿手，但她的妈妈还是给她准备了针、线、顶针和布料。接着，她们开始量体裁衣，为我缝制第一套衣服。我看见她们用了一块浅黄色的棉布，上面还点缀着漂亮的小红花，我满心欢喜。菲比的针线活真的让人不敢恭维，通常她缝上个十来分钟就会失去耐心。可这次，为了早点跟我玩，她不仅有了耐心，而且做得很认真。

我想不起来自己的名字是怎么来的了。刚开始，我接受洗礼时大家叫我梅西塔布尔，但菲比觉得这个名字太长了，后来不知怎么大家就叫我西蒂了。为我缝制衣服时，普雷布尔太太让菲比将我的名字绣在我的内衣上，于是菲比就把我的名字绣在了上面。

"这样，不管以后她发生什么事，她都能知道自己的名字。"看到最后一针就要绣好时，普雷布尔太太说。

"妈妈，她不会出任何事的！"小女孩喊道，"她永远都陪着我！"

如今，回想起这些话，我真是百感交集。谁也猜不到命运下一刻会安排什么。

过了几个星期，我被打扮得焕然一新。我清楚地记得，那是一个星期六。在当时，从星期六的日落时分一直到星期天的晚上，孩子们是不能玩玩具的。那时还是二月，太阳早早地就落山了，菲比想和我在火炉边再多玩半个小时，但她的妈妈坚决不同意，菲比很不开心，但也没办法。为了让菲比不再想着玩娃娃的事，她妈妈将我关进一个抽屉里，就在松木梳妆台的最上层。

我记得那个抽屉里的东西还真不少，比如普雷布尔太太最好的呢子头巾，以及菲比的海豹皮暖手筒和披肩——这是她爸爸上次前往波士顿时特意给她带回来的。一晚上我都关在那里。第二天一大早，大家都打扮好，将要出发去教堂时，却发生了一件意想不到的事。

普雷布尔家人把周日去教堂做礼拜看成一件非常重要的事。但是，他们家离教堂有好几英里，坐雪橇也得走上好几个小时。这时，菲比早早地就打扮好了，可妈妈和安迪还正在收拾东西。菲比想着出门前要取出暖手筒和披肩，就踩上凳子，拉开了松木抽屉，而就在这时，她看到了我。她努力抵挡诱惑，试图不碰我。

"不，西蒂，"她说，"今天是星期日，太阳下山之前我是不能碰你的。"一想到还有那么长时间，她就唉声叹气。然后，她不由自主地将我拿在了手里。"妈妈是说过，星期天不能玩娃娃，但我只是想帮你理理衣服而已。"她的小脑袋灵机一动，将我藏在了暖手筒里。"没有人会想到你被搁在了这里面。"她轻声对我说。从她的语气中我可以断定，今天剩下的时间里我将离开松木抽屉了。

就在这时，菲比妈妈急忙忙走了进来，她催促大家赶快出发，否则就会错过唱赞美诗的环节了。那是我第一次听说赞美诗，完全没有概念，但看得出菲比妈妈很看重它，以至于她打开抽屉取披肩的时候，都没有注意到我离开了抽屉，也没有发现菲比因为害怕被发现拿了娃娃而变得通红的脸蛋。

我单独待在海豹皮暖手筒里还是很舒服的。但是当菲比把双手都放进来时，我就没有了容身之地，被挤得难以忍受。暖手筒里黑乎乎的，我只能看见偶尔漏进来的炫目光线——我猜那一定是雪地上反射过来的太阳光。不过，我能感觉到马车拉着我们在路上奔跑。因为我能听到雪地上吱嘎作响的马蹄声，老货郎不时挥舞鞭子，快乐地吹着口哨的声音，还有雪橇上的铃铛摇摆发出的叮当声。不过，普雷布尔太太

讨厌铃铛的声音，一路上都在责备安迪没有取下铃铛。她认为铃铛作响会破坏安息日的神圣，显得不庄重，也怕邻居们说三道四。但是安迪不这么认为，他反驳说一个铃铛没什么大不了的，而且这个铃铛的响声和教堂塔尖上那个铃铛的响声也没有什么不同。

由于安迪的这番话，菲比妈妈更加恼怒，更加严厉地责骂安迪。还好来到了教堂门口，不然真不知道菲比妈妈要骂到什么时候。教堂里禁止玩具娃娃入内，但是我却来了，这让我非常兴奋。看不到没有关系，我可以努力去听周围正在发生的事情。在多年之后的今天，我依然能够回忆起当时耳边响起的各种声音。而且，人们合唱的那些歌词我还记忆犹新：

赞美万能的上帝，赞美他创造了万物……

赞美诗让我感到庄严又神圣。不过，接下来讲经和布道的时间太长了，我没有耐心听下去了。这时，菲比也失去了耐心，靠在她妈妈身上不知不觉睡着了。我的不幸就是在这个时候发生的。我猜测，菲比睡着以后，她的手就松了，随后我就头朝下从暖手筒里滑落到了地面上。幸好那一刻大家正起身做最后的祝福，所以没人听见我落到地上的声音。暖手筒滚到了另外一边，被安迪捡了起来。菲比也被叫醒，站起来和大家一起低头祈祷。

人们陆续离开教堂，当他们从菲比坐过的那个凳子旁走过时，竟没有一个人发现我。我听见外面响起雪橇和马蹄的声音，还抱着菲比能回来找我的一丝希望。后来，我听见有人锁上了教堂的门，关上了教堂的窗户。没有人会来找我了。菲比的妈妈这会儿肯定正在催着她快点上路。她也绝对不敢告诉大家带我来到了教堂。我不再抱有任何希望。真没想到，我第一次出门就遇到了这种惨事。

我不忍回顾在教堂里度过的那段日子，也不知道在那里待了多久。我感到度日如年，和后来遭遇的落水和火灾相比，也没有这么悲惨。这里冷极了，我的手脚都快被冻裂了。外面刮着寒风，横梁被吹得吱嘎乱响。门廊里的钟更是被吹得摇晃不已，发出可怕的响声。

蝙蝠竟然在这里安家。我一点也不想和蝙蝠待在一起。菲比坐的凳子离我躺的地方不远，可是那个凳子旁边的角落里有一只蝙蝠，真是太讨厌了。白天，他倒是安静地倒挂在一个灰色的球上，可是到了晚上它就喜欢乱飞。尤其是它差不多贴着地面飞的时候，我总是担心它的翅膀碰到我，心里七上八下的。我也注意到，晚间它的眼睛会发光，爪子尖尖的，真吓人。我祈求它离我远远的。此外，有一本翻开的插图版的《圣经》就在我旁边，我看到书上一只大鱼正要吞下一个男人，那个男人是多么不幸，就像当时的我一样。

一天，我听到有人在开门，心里特别激动。原来是看管教堂的人进来了，要检查教堂内是否一切正常。我迫切希望他可以看到我。但是，怎么吸引他的注意呢？我待在椅子下面，周围还有凳子和《圣经》，我又不能动，怕是很难发现我了。在这里，我要说明一下：我的手、脚、膝盖都不灵活，老货郎给我雕刻的手没有分开手指，脚被固定在腿上，膝盖也没法弯曲。如果我拼尽全力动一动的话，唯一的指望就只有腿了，所以我使出全力不停地将腿抬起又放下。

咚！咚！咚！听到自己发出的声音，我自己都不敢相信。这声音使得本就空旷阴森的教堂变得更加恐怖了。这时，看管教堂的那个人大叫了一声，把手里的扫帚也扔了。然后，我听见他一路跌跌撞撞地跑开了。他还边跑边喊："这声音真够吓人的，我得赶紧离开这儿。"虽然获救的希望没了，但一想到自己的小木腿居然能够把他吓成那样，心里还是禁不住一阵骄傲。

值得庆幸的是，菲比没能保守秘密。她回到家不到一个星期，就说出了把我带到教堂的事情，而且发誓只要能把我找回来，以后再也不犯这种错误了。于是，菲比被惩罚在家里绣一幅很长的十字绣，安迪和老货郎就跑来教堂把我找了回去。

终于回到了家里，我感到幸福之神重新眷顾了我，这种喜悦的心情很难用语言表达。我坐在那熟悉的壁炉旁，看着壁炉里发出的活泼、

明亮的火光，温暖袭遍全身。而此时的菲比正在埋头绣着十字绣，我看到那绣上的名言是：

> 说出真相会让人感到痛苦，
>
> 但却使人显得更加圣洁。
>
> 谁若违背良知与真相作对，
>
> 就不会拥有真正的朋友。

我和菲比把这段名言都快刻到脑子里了，因为菲比如果不好好绣完这些字，她妈妈就不允许菲比跟我一起玩。对菲比来说，这可不是一个轻松的活，菲比难过得哭了好几回，经过了很多天，才算完成。

他们把我放在高架子上，我每天站在那，同情地看着菲比。我觉得对于一个小女孩来说，这种惩罚算是不轻了。当听到菲比的妈妈总在训斥她做人要坦诚、要有良知之类的话时，我为自己只是木头娃娃不用遵从这些规矩而感到庆幸。看着菲比不住地对着绣样叹气，我猜想，她也希望自己早日摆脱这些吧。

那一年，缅因州春天的脚步来得比往年迟一些。直到三月中旬，冰雪才开始慢慢解冻。一个月后，道路还是一片泥泞，马车等根本无法上路。柳条也比往年晚了几个星期才发芽，直到五月份安迪才用柳叶吹出了口哨。然后，几乎是在一夜之间，普雷布尔家门前的丁香花一下子全发芽了，马路两侧的小树林里，雪莲花、紫罗兰和细辛等次第开放，菲比和安迪还找到了五月花。后来，这些花就被修剪成一束一束的放在花店的橱窗里，与它们在野外自由绽放时的样子完全不同。

道路通了，老货郎带着菲比的妈妈给他的一大袋食物就要出发了。菲比抱着我，和安迪一起把老货郎送到了一个三岔路口，老货郎走上了通往波特兰的路，我们看着他一步步远去。沉重的包袱压在老货郎的背上，老货郎不得不弯着腰一瘸一拐地向远方走去。在远方转弯的路口，他停下来，回头和我们挥手告别。安迪和菲比对老货郎恋恋不舍，一直向他挥着手，直到老货郎消失在他们的视野里。

还好菲比的爸爸马上就回来了，不然，我们肯定会觉得孤独的。他回来得那么突然，我们事先一点儿也不知道，还是在丁香花丛中的小道上发现他的。我们看见他驾驶着双轮轻便马车，从波特兰的方向过来。马车的前座上堆满了货物、盒子和航海箱。他带回来的宝贝可真多，比如丝绸、花头巾、珊瑚、象牙雕塑、鸟的标本和他路过每个港口时购买的小玩意儿。我暗自想，亨特小姐要是看到这些东西会说些什么。

普雷布尔船长高大健硕，他太太总是引以为豪，向别人谈起时，总说他有 6.4 英尺高。他的眼睛蓝蓝的，又大又亮，那是我见过的最明亮的眼睛。他笑的时候眼睛只露出一条缝，眼角会射出一些像老照片里太阳的光芒一样的余光。他很爱笑，特别是菲比讲话的时候。他的笑声也很有特点，就像是从大靴子里发出的，然后不停地往上涌，最后才在嘴里爆发出一连串的"哈哈哈"声。

他亲了亲菲比后，把她高高地举到头上，看她有没有长高长胖。这时，菲比对他说："这是我的新娃娃——西蒂。"然后，菲比就对他爸爸讲起了他不在的那段时间里，老货郎雕刻花楸木和她把我带到教堂好几天才找回我的事。听到这些，普雷布尔船长哈哈大笑，笑得全身颤动，衣服上的纽扣也跟着上下抖动，就像在大海中颠簸的小船一样。而普雷布尔太太一直在旁边摇头："丹尼尔，这并没有什么好笑的。她好不容易听话得像个淑女，你一回来又把她宠得跟只鹦鹉一样，看来我的教育要白费了。"

她的那番话我一直忘不了，因为至今，我也没见过鹦鹉。而且，我从来没听人们说起过这种鸟。可能很多年以前，这种鸟就已经消失了吧。

微信扫码收获

有声图书在线收听

诵读背景音乐

世界百科小故事

我上了天，又平安归来

我过的第一个夏天相当充实，要是写下来的话，估计会需要很多张纸。我们乘坐着普雷布尔船长的那辆轻便双轮马车先后去了波特兰、巴思以及附近的一些农场。我们还驾驶着南瓜颜色的小渔船出游，在船上船长还教安迪如何起帆航行。北方的夏季天空湛蓝明澈、阳光明亮柔媚，但是持续的日子不长，花儿似乎是在一夜间绽放的。当金凤花、山柳兰和雏菊盛开的时候，野玫瑰也含苞待放。而当野玫瑰凋零时，野胡萝卜花和秋麒麟草开始登台亮相。接着，人们就开始忙着采摘浆果了。然而，正是因为采摘的缘故，我差点回不来。

事情是这样的：普雷布尔太太让我们再去采摘一两升浆果以便储存后做果酱。安迪和菲比打算去之前去过的离家不远的那片树林采摘。于是，安迪拿着一个草编大篮子，菲比则拿着一个小篮子出发了。菲比在小篮子里铺上了车前草，并把我放了进去，躺在里面的我既舒适又凉爽。当时，夏日炎炎，马路都热得发烫，我为自己能逃离夏日的炎热满怀感慨：做一个木头娃娃真好。然而，这种想法并没有持续多久。

我们来到那片树林后，发现有人比我们早一步来过这里。当看见灌木丛被压倒，而且连一颗野浆果也没有时，我们备感失望。正准备回家时，

安迪突然兴奋地说："我想起来了，离海滨不远的地方还有一片浆果树呢。我们从后湾那头沿着海滩继续走，就能找到那个地方。那里的浆果有两个大拇指加起来那么大呢。"

"那太远了，妈妈不允许我们离开大马路。"菲比说。

"但是，她让我们出来采浆果，我们也不能空手而归啊，再说，这里又没有。"安迪执意要去。

安迪说完，菲比就把妈妈的嘱咐忘到脑后了。我们一同朝后湾走去。但路上并不好走，要穿越一大片茂密的云杉林，林中却只有一条狭窄的小道可走。

安迪提醒菲比："昨晚我听阿布那·霍克斯对你妈妈说，这附近又出现印第安人了，人还挺多的。他们会兜售一些篮子和其他什么东西，要是在路上遇到他们，可千万不要和他们往来，凡事要小心。"

菲比打了一个冷战。"我害怕见到他们。"她说。

"走这边，我们去后湾，在这里拐弯，还需要走上一段好长的石头路呢。"安迪催促道。

石头路很难走，被太阳暴晒了好几个小时的石头滚烫滚烫的。菲比穿着拖鞋抱怨了一路。没穿鞋的安迪就更惨了，他一边叫着一边在石头上跳跃着，还不停地跳到水边给双脚降温。就这样，他们走了很长时间才到达那个地方。在一块空地旁，有一棵盘根错节的老云杉，菲比把我安放在这棵老云杉树的树根之间，在这里我能看到他们穿梭在灌木丛里。但是，当他们进入较高的荆棘丛中时，我只能看到他们时不时露出来的脑袋。

后湾一片祥和安宁，云杉树的树根斜着插进水中，树干则像上百支利箭一样直射云霄。湛蓝的大海波光粼粼。遥看远方的奶牛岛，白色的小浪花不时扑打着海岸。蜜蜂的嗡嗡声、鸟儿的啁啾声、海浪的拍打声，以及安迪和菲比摘浆果时的彼此喊话声在空气中传播。不多时，我突然听到菲比一声尖叫："安迪，有印第安人！我怕！"

我看到菲比正用手指向我身后的树林。他们两个的眼睛瞪得又大又圆。

可是我的脖子扭不动，也就看不到什么印第安人。这时，安迪拉着菲比的手，不顾一切地朝相反方向的路上跑去。他们在满是鹅卵石的海滩边狂奔，野浆果掉落了一路，很快，我就看不见他们了。我很难相信他们把我给忘了，可事实摆在面前。我孤独无助地待在那里，既紧张又害怕。尤其是听到身后不断传来树枝被折断的声音和听不懂的说话声，更加剧了我的害怕心理。

原来是五六个来采摘浆果的印第安女人。她们的装束很特别，我看见她们身上披着毛毯，脖子里戴着串珠，脚下还穿着鹿皮做的靴子。她们一心一意着摘浆果，根本没有发现我的存在。她们虽然看上去长得黑胖黑胖的，脏脏的褐色头发散乱地披着，但是，都很和善。有个女人还背着一个可爱的小婴孩，小婴孩从背包里探出头来，四处张望。太阳快下山时，她们满载而归。

本想着安迪和菲比一定会回来找我的。但是过了这么长时间，太阳都落山了，也没见到他们，我开始焦虑起来。此刻，天边的晚霞灿烂无比，飞翔的海鸥们的翅膀仿佛镶上了金边，一群群结伴飞向奶牛岛。景色宜人，我本该好好享受，但身处此种境地完全没了心情。我在此孤独无助，陷入了迷惘。不过，和接下来发生的事情相比，这还算不上什么。

变故突然而至，我都没反应过来。我只知道一下午树林里的乌鸦叫个不停，但谁想到它就在我头顶的树枝上。普雷布尔家附近就有很多乌鸦，因此我对这种鸟毫不陌生，它们呱呱叫我也没当回事。这时，夜幕还没有拉开，还能看见远方的一片金色。突然，一声尖利的大叫出现在我耳边，我感觉一团黑乎乎的东西把我罩住，奇怪的是，这团黑暗有温度，我想应该不是天黑了。还没等我反应过来，一张尖利的乌鸦嘴就朝我脸上啄了一口。我看见，它的一双黄眼睛发出邪恶的光，死死地盯着我。"呱——呱——呱！"

虽然我是结实的木头娃娃，但这样凶猛突然的攻击也让我着实十分心惊。我无计可施，连把脸埋到清凉的苔藓里面都做不到，只能无辜地看着乌鸦那张凶狠残酷的脸。如今再想，可能乌鸦没那么残忍，它们天生就是黑羽毛和尖嘴巴，不是它们自己能改变的。但是，它们对待抓的东西至少可以温柔一些吧，这只乌鸦啄了我几次之后，就放弃了。显然，当它发现

我不能给它充饥，就冲我愤怒地呱呱叫起来。我总该有什么用的，这只乌鸦并不想就这么放了我。

忽然，我被这只乌鸦拎到了空中。虽然我努力地想要抓住苔藓和树根，但根本无济于事，只能眼看着它们离我越来越远。身下的后湾、浆果地、云杉树林越来越模糊。风无情地吹着我的裙子，发出飒飒的响声，我被乌鸦带着在空中忽高忽低地翻飞。

"这下真没救了。"我绝望地想，并做好了最坏的心理准备。

然而，命运弄人。我一点也想不到这只乌鸦竟然将我放到了松树顶上的一个鸟巢里。我定了定神，三只小乌鸦出现在我的眼前，我们互相打量着，都对彼此充满了好奇。它们虽然看起来没有乌鸦妈妈那么凶，但整天吵吵闹闹的，一看见乌鸦妈妈就张着嘴巴，要吃东西，像永远吃不饱似的。没过多久，我就开始可怜乌鸦妈妈了。每天，它都要出去找食物，有时带回来很多，但乌鸦宝宝常常一抢而光，弄得乌鸦妈妈不得不来回飞好几趟。我从来没有见过像小乌鸦这么好的胃口。不过，我一时离不开这里，有时间好好观察，因为我在这个巢里一直待了两天两夜。

我在这个鸟巢里难受极了。这个鸟巢空间不小，但是三只活泼好动的乌鸦宝宝在里面折腾，就显得不够用了。它们经常调皮地挤来挤去，对我又戳又撞的。更糟糕的是，乌鸦妈妈有时也会挤进来，把我压在最下面。我常常有种几乎要被闷死的感觉，都不知道这些天我是怎么过的。

天刚微微亮，乌鸦妈妈就去觅食了。以前在普雷布尔家时，我总是透过窗玻璃看日出，现在我则是在树林里的松树顶上看日出。清风吹来，鸟巢随之晃晃悠悠，我享受着这里带给我的不同感受。当我适应了鸟巢的环境后，一丝美好的感觉深入我心，我带着愉悦的心情随风摆动。乌鸦宝宝们还是一样地推推挤挤，但我已经能应付了。我努力让双脚牢牢地站在交叉的树枝间，以防被挤出去。慢慢地，我能调整自己站的位置，还学会了沿着鸟巢边缘向上爬高一些，这样我就能看到鸟巢外面的景色了。

起初，我有些恐高，不敢往下看。就这样，过了很久之后我才知道其

实这里离普雷布尔家很近。原来我就在他们家旁边的那棵老松树上。当我看到炊烟从他们家的烟囱里冉冉升起时，我不敢相信眼前的事实。

起初，我的心得到了一丝安慰。但后来，我发现这并不能改善我的境遇。看着亲人在树下活动，听着菲比和安迪说话，但我却还在高高的树枝上无法引起他们的注意，这真够折磨人的！而且，我还遭受着乌鸦宝宝们的各种打闹折磨。天色暗了下来，一股深深的孤独感向我袭来。

傍晚时分，我从松针间看着夕阳西下，听着风刮过树枝发出的深沉而急促的声音。如果此刻我不想着回家的事，倒是能好好欣赏这大自然的美景。但处在这种境地，我是没有心情关注这些的。普雷布尔家开始做晚餐了，我看见袅袅炊烟从他们家的烟囱里不断地飘出。不一会儿，他们就能围坐在餐桌前吃晚餐了。但是，我并不在那里。

"菲比要是看到她的娃娃现在的境况，肯定会伤心地大哭。"我愁闷地想。乌鸦宝宝们又开始挤闹了，我不得不从树枝中间伸出了胳膊。我吃力地挪动着，尽力为自己争取一小块立足之地，我真是一刻也不想待在这里了。

夜晚来临了。天上出现了数不清的明亮的大星星，就像晶莹的雪花洒在漆黑的幕布上。一种绝望感涌上我的心头。这种感觉比乌鸦的翅膀还要沉重，比夜空还要黑暗。我告诉自己不能再这样待下去了，即便粉身碎骨，我也要离开这。

我知道，我必须赶在乌鸦妈妈回巢之前采取行动。于是，我开始努力一点点向鸟巢的边缘挪动。事实上，当我从这么高的地方往下看时，我的内心充满了恐惧，更别提跳下去了。更糟的是，我想起这棵松树下面有一块灰色的大石头，以前我和菲比常坐在上面玩。想到这一点，我的勇气都快没了。我开始重新给自己打气，相信我的身体一定很结实。因此，我想如果换一个角度往下跳，或者先伸出一只胳膊再伸出一条腿，事情就会好办得多。可是我根本做不到，因为我的四肢只能同时行动。

"呱——呱——呱！"我得赶快行动，乌鸦妈妈就要回巢了。幸运的是，乌鸦宝宝们一听到妈妈的叫声就在鸟巢里躁动起来，我是没地方待了。就

在这紧急的关头，我双脚一翘，两只胳膊一伸，就这样从鸟巢的边缘跌落了下去！

我感觉自己像是掉进了一个无底深渊。跌落的过程中，尖锐的松针和松果划过我的脸和身体，锋利的树枝也不断地撕扯着我。这个过程真是漫长，我想从月亮上掉下来也不会这么远吧。终于停下来了，我原本以为自己会掉到地面上，可我发现自己周围竟然是松针和树枝。我伸长胳膊，可还是没有触摸到那令人心安的土地。

天亮后，我才看到这个不合心意的地方。我没有跌到地面，而是头朝下悬挂在了一个树枝上，裙子翻过来遮住了我的脸。这个很不淑女的姿势让我无地自容，感到深深的羞耻，可是，我又能怎么办呢？我被牢牢地卡在枝丫上，丝毫不能动弹。

后面还有让我更难受的事。接下来，我能清清楚楚地看到普雷布尔家发生的一切事情，可是他们根本就注意不到我。这棵树这么高，有谁会抬起头看我呢，况且我还这么渺小。我这样不抱希望地在树上挂了很多天，风吹、日晒、雨淋的天气我都逃不掉。最痛苦的是，我经常看到菲比在我的身下活动，有时候她还会坐在那个石头上，我的身影投在她的卷发上。然而，我始终无法让她抬起头来瞧瞧我。

我越想越伤心，恐怕我得一直挂在这里了，直到我的衣服破烂不堪，直到眼睁睁地看着菲比长大，再也不需要我这个木头娃娃。

我心里清楚，菲比一直想念着我，我听见她对安迪说过这样的话。安迪还答应她说要再去一次那片树林里找我。他们认为印第安人带走了我，菲比想到这就难过得不行。而实际上，我正狼狈地挂在他们头顶的树枝上，双脚朝天，裙子遮着脸，就好像一把被风吹翻的伞。

更想不到的是，最终让菲比他们发现我的竟然是因为那些乌鸦宝宝。我从鸟巢里落下来后，那些乌鸦宝宝就开始学飞了。它们时常一边欢快地叫唤一边扑腾着翅膀。我以前从来没有听过这种声音，普雷布尔太太觉得这种声音让人心情烦躁，于是安迪一天到晚用弹弓打它们。虽然安迪从来

没有射中过，但它们大声呱呱叫得就好像被打中了一样。终于，有一天清晨，在老松树下，安迪又准备拉弹弓对准乌鸦时，发现了我。可能是我的黄裙子引起了他的注意，可他还是瞅了半天才认出我。

"菲比，快来看，"他大声叫着，"快看老松树上挂的是什么！"说完他立马扔下弹弓去找菲比。不一会儿，全家人都来到了老松树下面，他们看着我，并讨论怎么把我从高高的树枝上弄下来。这可是一个难题，因为树干太高大了，即使安迪站在普雷布尔船长的肩膀上，也很难够得着我。而且，家里的梯子也没有那么高。我倒挂在高高的松树顶上，看样子不砍倒树木我是下不去的。但是，普雷布尔太太坚决不同意这么做。安迪试着往上面扔苹果，但我被死死地卡在松枝上，小苹果也不顶用。而且他们不敢扔石头，因为很可能会伤到我。我又陷入了绝望。

普雷布尔船长转身走开了一会儿，回来时他握着一根削好的长长的桦树棍子，是他从树上刚砍下来的。这根棍子看上去很长，但他和安迪花费了一个多小时也没把我弄下来。树枝把我卡得太紧了，棍子怎么捣都没用。后来，普雷布尔太太站在厨房门口，她一手拿着叉子，一手端着一盘刚炸好的甜甜圈。看到这一幕，普雷布尔船长受到了启发。

"我们把叉子绑在棍子的头上试一试，说不定就能把她钩下来。"普雷布尔船长说。

不一会儿，他就把叉子绑好了。我看着那叉头像乌鸦的爪子一样伸向我，虽然害怕，但总算是有回到地面的希望了。我很快就被举了起来。

"哈哈，又多了一个捕鲸的方法。"他笑着把我放到了菲比的手里。

"叉子也多了一种用途。"他高兴地把叉子还给菲比的妈妈。

"真想不到啊，一定是这些讨厌的乌鸦把她从后湾带来这儿的。"安迪对菲比说。

"很有可能，人们常说乌鸦是可恶的小偷呢！"菲比说。

菲比高兴万分，她不去深究我怎么来的，也不在乎我这破破烂烂的一身，而我呢，只希望永远可以待在她的怀里。

坐车旅行和乘船旅行

　　我的衣服破烂不堪，使我看起来一点也不漂亮。不过，普雷布尔船长抽空为我编织了一个很精美的小摇篮。普雷布尔太太也承诺尽快给我做一身新衣服。但是那段时间，普雷布尔家忙忙碌碌的，空余不出一点时间。原来普雷布尔船长马上又要出海了，这次打算出海捕鲸。他已经买下了"戴安娜"号过半的股份，目前那艘船正在波士顿港进行检修。

　　九月悄然而至，海面上波光粼粼，草丛里的蟋蟀不分昼夜地鸣叫着，那叫声如此响亮持久，我还从来没听见过。

　　"它们这样叫是为了驱寒。"一天晚上，安迪这么对菲比说。当时我们三个人正坐在门口的台阶上欣赏红彤彤的秋月从海平线上冉冉升起。

　　"它们这样做管用吗？"菲比好奇地问。

　　"不管用，"安迪肯定地说，"可它们觉得管用。天越冷，它们就叫得越起劲儿。不过，等冰霜来临它们还是会被冻死，等着瞧吧。"

　　"幸亏我们不是蟋蟀。"菲比说着，把我抓得牢牢的，生怕一不留神我就变成了一只蟋蟀。

　　这天晚上，大家都纷纷回到卧室休息了，房间里静静的。我安静地躺在摇篮里，聆听着房外蟋蟀的嘶鸣，回忆起安迪说的话，暗自庆

幸自己不是一只蟋蟀。

当时，每星期有三趟邮车往来于波特兰与波士顿。普雷布尔船长每次都驾着马车去波特兰查看有关"戴安娜"号的消息。但消息总说船还没有修整好。迟迟不能出海，这令他愈加烦恼。

"鲁本·索姆斯很擅长捕鲸，"有一次我听到他这样对妻子说，"可他修船的技术不怎么样。要是我想在十一月之前出发，就必须搭乘下一辆驿站的马车前往波士顿，我得亲自去看看到底是怎么回事。我决定这是最后一次把船停在波士顿了，今后我要把船停泊在波特兰。"

"可是，丹尼尔，你的第十二双袜子还没织好呢，别着急走啊！"普雷布尔太太充满温情地说，"我在家里总是担心你没袜子穿，穿着湿袜子出航可不好。"

"后天你可以跟我一起去一趟波士顿。"他含情脉脉，满面笑容地说，"这样的话，你可以在路上把袜子织完，顺便还可以给自己和菲比买一些时尚的秋冬大衣。"

"哎呀，丹尼尔，你能不能说话靠谱点啊！"她一脸严肃，使劲地摇着头，"你总是这样，还没有开船就先点灯！"

她这句话我想了很久也没弄明白，后来我才知道，这是捕鲸人的妻子常说的一句俗语，就是说钱还没有挣到就已经开始乱花了。再后来，我明白了更多这样的行话。

但船长是不听劝说的。于是在一个晴好的秋日早晨，我们一大早就去搭乘前往波士顿的驿站马车了。旭日刚刚升起，车铃叮当作响，我们上路了。渐渐地，普雷布尔家的房子、谷仓、那棵老松树……慢慢消失在我们的视线里。当时，我一点都没想到，一周以后我将见不到这些熟悉的景物了。确切地说，我们谁也料想不到后面发生的事。

那天出门，天朗气清。那片泛着碧波的小池塘，火焰般的红枫树和金黄色的榆树花和桦树花，还有满墙火红的爬山虎，看上去就像一堵墙在燃烧一样，这些景色深深刻入我的脑海，至今都忘不了。此外，

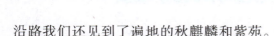

沿路我们还见到了遍地的秋麒麟和紫苑。

"快瞧那儿，凯特，"船长突然用鞭子指着说，"花楸树，我今年还是第一次见到这种树呢！"

大家发现不远处的灌木丛的边缘长着一棵细高的小树，树上结满了橙色的果子。这些果子压弯了枝条，在太阳的照射下，就像许多个磨光发亮的小球。

"那是西蒂的树，"菲比大叫道，"这种树会魔法！"

"嘘，孩子，"她妈妈嗔怪道，"别乱说话！"

"我记得老货郎就是这么说的啊，妈妈。"菲比不服气地说，"你不记得了吗？当初他雕刻西蒂时，说花楸木可以带来吉祥。"

"他只是说说吉祥话嘛，"船长看到妻子郑重其事的样子，禁不住插了一句，"不管怎样，这都是沿途的景色啊。驾，查理，要不然我们就赶不上驿站的马车了。"

其实，我们还有很多时间。普雷布尔一家还去拜访了住在国会大街的老表家，饱吃一顿后，还在他家开的店里买了食物和酒水。老马查理和马车就被寄养在那里了。

现在，那种驿马车已经被淘汰了，更看不到高高大大的马在路上拉着它走了。当年我们乘坐的那辆马车被漆成了红色和黄色，一共四匹马，两两一组，两匹灰色的和两匹栗色的。车轮的辐条被漆成了黑色，当你盯着飞速行驶的车轮时，会感到头晕目眩，更别提将头伸到窗户外面往下看，没晕倒就不错了。菲比就是这么晕车的。马车这样持续飞奔一个小时后，菲比就受不了了，在车里嚷嚷着不舒服。当时普雷布尔船长和安迪等人坐在车顶，我们则和几位女士坐在车里。她们很热心，也都在帮菲比想办法。有位女士拿出了薄荷油含片，另一位拿出了柠檬果汁，好像还有甘草根、云杉啤酒之类的东西。菲比都试用了一遍，但没起什么作用。她憔悴地躺在车里，脸色发白，闭着眼睛一动不动。

"她可能消化不良，我们家人都患有这个毛病。"她妈妈一筹莫展，

对其他几位女士说。

我很庆幸这种苦痛不会发生在我身上。当然，我也不能像菲比那样可以享用美味的食物。也可能菲比是吃多了，身体才会这么难受。

那天晚上，我们在朴次茅斯一家舒适的旧旅馆里休息。第二天，天还没有亮我们就出发了。马儿休息了一夜，精力充沛，于是我们又驾着马车朝塞勒姆的方向狂奔。

第二天，菲比适应了旅行的节奏。她妈妈坐在车里一边有条不紊地给船长织袜子，一边同两位新来的女乘客闲聊。一路上，我们经过了港口、海角、田野，还有榆树环绕的村庄，最后终于来到了塞勒姆。这是一个很大的港口，停满了各种大大小小的船，还有很多我以前没见过的大房屋。

在淡淡的暮色里，我们沿街边走边看，这里有很多用砖头砌的大房屋，房屋还配有一个四方形的靠近屋顶烟囱的阳台。菲比的爸爸告诉我们这种小阳台是"船长的瞭望台"，因方便船长观察海港里停泊的船只而得名。

菲比的妈妈看来很喜欢这里房屋的建筑样式和装饰，她感叹这里的房子真大，门窗多么精致，家具也很华美。

菲比的爸爸解释道："这里的人很富有。塞勒姆是这附近最有钱的地方了。如果我领着你去码头，你就能看到很多来自中国、印度以及别的地方的货物。如果我这次出海能弄条抹香鲸，带回六七百桶鲸鱼油，我们也就有钱来这生活了，凯特，你愿意来吗？"

他的妻子却摇了摇头："你应该清楚，除了缅因州，其他的地方我都不想去。但是这并不影响我羡慕这里人家的房门和窗帘，是不是？"船长点了点头。

第二天晚上，我们抵达波士顿，住在一个出租的家庭旅馆里。房东是一个老太太，船长自小就认识这位房东，我们受到了她的热情接待。从旅馆的楼上隔窗望去，密密麻麻的船只停靠在码头上。

一切都安顿好了，船长便领着安迪去看他的大船。他回来的时候，菲比已经带着我上床睡觉了。他说起话来很着急，还反复强调自己应该早点来，要是想赶在秋天的风暴来临前出发，船就得立马起航。可是他手下那些资质不错的水手，要么生病了，要么去了别人的船上。而且，他的船到现在才维修好一半。更烦心的是，能出海的厨子太少了，他到现在也没有找到。

接下来的几天时间，船长一直在码头上忙个不停，我总觉得有什么事要发生似的。一天晚上，船长果然回来找菲比的妈妈谈事情了，他们谈了很久，我并不惊奇。当时菲比和我已经上床了，我听得断断续续，也不是很清楚。在点着玻璃灯的桌前，他们一直不停地说。我看见船长面前铺开了一张航海图，旁边还放着很多张纸。他的手指在地图上点来点去，嘴里还念叨着什么。普雷布尔太太在一旁静静地听着，慢慢放下了手中的针线活。

"好吧，丹尼尔。"最后她开口道，"今晚我需要好好想一想，明天早上再跟你说。我从来没有出过海，更没有在一艘脏兮兮的捕鲸船上给一群饿鬼做过饭。"

"别把事情想得这么糟。"他说，"我们的船进行了一次彻底装修，环境是很不错的，你会觉得和家里一样舒适。至于做饭，我会给你找一个帮手。"

"但我一想起家里整洁的厨房，"她叹了一口气说，"想起餐桌上的那些果酱，以及寄养在隔壁邻居家的奶牛和寄养在波特兰亲戚家的老马查理，我的心里就不是滋味。"

"别担心这些了。"他安慰妻子说。

"如果不得不和你一起出海的话，得把船的名字改一下，要具有基督教色彩。"她非常坚决地说。

"但是据说给船改名字会不吉利。"他说，"不是我不愿意给船改名字，是船员们信这个，我也得顾及他们的感受。"

但他的妻子丝毫没有退让的意思。"我不管船员们怎么想，我可不会上一条叫异教徒名字的船，绝对不行。"菲比的妈妈一再坚持。

　　船长不得不说会想办法解决此事。第二天吃早饭时，船长说一切都定好了，让我们一起出海。然后，大家就开始忙着做出发前的准备工作了。

　　这一天，没人跟我和菲比一起玩。船长他们忙于最后的大采购，以确保出海所需要的东西。晚饭后，我们很高兴看到了安迪，他正跑去帮两个成年水手往船上搬箱子。安迪穿上了船长给他买的新的水手外套和橡胶长靴，他看起来神气得很，干起活来也格外积极。他仿佛一下子就长大了，像个大人似的肩负起自己的职责。不过，他似乎不太欢迎我们上船。

　　"他们都说，船上不该来女人。"他解释说，"要不是为了能够吃到派和甜甜圈，他们是不会同意让你们去的。"

　　"我才不管他们怎么说呢，"菲比懊恼地把卷发甩了一下，"我们就要去。爸爸上午已经宣布，他可是船长呢。"

　　夕阳西下，我们一行人来到了码头。海上的灯塔在薄暮中闪着光，我们隐隐约约能够分辨出桅杆、船只、水手和大批货箱的轮廓。

　　"就是它，"船长忽然指着码头边一个模糊的轮廓说，"菲比，那儿就是你的新家，你肯定会喜欢上那里的。"

　　我们像一个个包裹，摇摇晃晃地上了船，头顶上高高的桅顶灯在黑暗中发出弱弱的白光。我们下方的吊索上固定着一把椅子，有个男人坐在上面愉快地吹着口哨，他手中的刷子不停地挥舞着。普雷布尔船长示意我们过去，我们弯下腰就看到了他。

　　"他叫吉姆，"船长指着那个男人对妻子说，"他正在为你服务呢。"她不明白什么意思，愣愣地看着船长。船长笑着说："他正在给我们的轮船刷上新名字。从现在起，我们的船就叫'戴安娜－凯特'号。希望今后你和这位异教徒能好好相处，因为接下来的十一个月里你都要在这艘船上度过。"

　　就这样，我们的旅行正式开始了。

第四章

在船上的生活

那天晚上，我和菲比躺在船尾部的一张相当柔软的马鬃沙发上。后来，他们在船长的卧舱里给菲比准备了一张属于她自己的小床。因为之前太忙碌了，船要赶紧出发了，把这件事给忽略了。

"我打算凌晨四点起锚，"我听见普雷布尔船长对被安迪称为大副的一个男人说，"这样我们就可以在潮汐的帮助下起航了。"

我到现在还清楚地记得这句话，因为当时我想潮汐可真够热心的。如今想来，我对海洋真是一无所知。

一整晚，菲比抱着我在摇摇晃晃的沙发上滑来滑去，各种声音在我的耳边作响，"嘎吱""咣当"没完没了。接下来的几个月，这些声音常伴随着我，有铁链的摩擦声、靴子在我们头顶的甲板上走来走去的声音，还有一些我听不出来的喊叫声，后来，我们对这些声音习以为常了。

第二天一早，菲比带着我从陡峭的楼梯爬上了甲板。当时，我们的"戴安娜-凯特"号正顺风行驶，在海风的吹拂下，船帆鼓得满满的，船头在蔚蓝的大海上起起伏伏，海浪一波波上下翻滚着。我还是头一次见这样的情景，不知道怎么来形容。

不知怎的，甲板猛烈地摇晃了一下，菲比没站稳，差点儿摔倒。

安迪对她说："哈，这有什么好怕的。等咱们到了老哈特拉斯角，你才知道什么叫厉害呢。"

"你好像对那里很熟啊，小伙子。"一个低沉的声音传来。这是一位身穿褪色的蓝色衣裤的魁梧男人，他在我们身旁停下脚步，又对安迪说道："快去厨房干你的活，快点儿去！"

安迪答应了一声就跑没影了。一会儿，海风送来了浓郁的咖啡香气。刚才那位魁梧的男人把菲比抱起来，将她放在木工台的座位上。台子在船的正中部，旁边是一个用砖砌的嵌在甲板上的大坑。后来我才知道，原来那个大坑是用来提炼鲸鱼油的炼油炉。好几个像那个魁梧男人一样又高又黑又壮的水手在周围忙活着。

"呀，有尊贵的女士与我们同行啊，是吧，比尔？"其中一个水手愉快地冲我们打招呼，他朝菲比眨了眨眼睛，而手指正在很娴熟打着绳结。"看来，我们要注意礼貌了哦！"

一个名叫伊莱贾的水手正在为菲比量身打造一张小床，他还答应不久也会给我做一张吊床。这些水手们个个善良乐观。我们沐浴在海上暖暖的艳阳里，海风轻柔地抚摸着我们。船稳稳地向前开，碧蓝的大海望不到头。我们心中愉悦极了，看着波士顿从我们眼前慢慢消失，我们一点儿也没有感到不舍。

出海的头几天，除了菲比有点晕船，我们其他人都很正常。安迪高兴地又吹又唱的，还跟着水手们学习跳角笛舞。普雷布尔太太也习惯了海上的生活，她在窄小的厨房里烘烤了很多诱人的蜜糖饼干，让大家吃了个够。在那个时候，捕鲸船上是很难吃到这种美食的。

对于我们几个女人的加入，船上除了个别人在背后嚼舌根，觉得带我们上船会不吉利，其他多数人已经和我们相处得很好了。实际上，我和菲比很受大部分船员的欢迎，我们常常一起逗乐玩耍，不亦乐乎。菲比的妈妈抱怨说，等下船以后，这孩子将调皮得无法管教。伊莱贾从菲比那得知我是用花楸木做的，认定我是一个吉祥物，对他的好友

鲁本·索姆斯说，我肯定能为这次航程带来好运。这让我很自豪。

"瞧，她会像戴安娜一样保佑我们一切顺利的。"鲁本指着船首斜下方戴安娜的头像说。

我承认，这句话让我的心怦怦直跳，担心他们把我也钉到那个位置，任由风吹浪打。我对现在的生活非常满意，一点也不羡慕那个可怜的女人。伊莱贾为我做了一张新吊床，其他的水手还用零碎的绳子、木片等边角料为我做了很多礼物。他们都很喜欢我。于是，没不久，我就有了很多私人物品，比如吊床、木篮子、小凳子、大箱子等。其中比尔·巴克尔为我做的大箱子非常完美：表面漆有明蓝色的漆，两边有结绳提手，箱盖上还钉有我名字的首字母，而且，我的其他礼物也可以装进去。这个箱子做成那天，我开心极了。菲比兴奋地拿着它到处炫耀。为了展示这个箱子，她甚至朝桅杆瞭望台爬去，不过，她爸爸及时拦住了她。

出海的第一个月一切顺利，天气晴朗，海风轻柔。安迪和其他几个水手轮流给普雷布尔太太在厨房当助手。她已经适应了船上的生活，事事都还比较顺心，只是没事的时候会有些感慨："在这里，除了晚上的时候没有邻居串门，没有好的水池洗碗盘，没有奶牛可以挤奶，其他方面都还不错。"但是，遇到星期日，因为无法去教堂，她就叹气起来："我们离教堂真是太远了。"每当这时候，菲比和安迪会被她叫到跟前，当面背诵戒条和赞美诗第二十三篇。

比尔·巴克尔成了我们要好的朋友，他不仅舍得把他宝贵的折叠刀借给安迪，还在我们面前秀出他身上的文身。虽然别的水手也都有文身，但只有比尔的最精美，简直无可挑剔。他有三处文身：一条胳膊上是绿色的海蛇和美人鱼，另一条胳膊上是蓝色的鲸鱼和船锚，胸前则是一艘三色船。看到这些文身，安迪很是羡慕。但当比尔告诉他花了很多钱时，安迪立马就沮丧了。不过，比尔答应他等有时间会把安迪名字的首字母刺在他的胸前。安迪和比尔两个人谈得很投机，菲比失落地在一旁插不上话，于是嚷嚷着让比尔给我做文身。当时可把

我吓坏了，还好比尔说他不会给女士做文身。我对比尔充满感激，他的样子至今我都没忘掉：一双粗壮的手，脸上的黑胡子短而密，喜欢眯着眼睛眺望大海。

船上的另一个水手朋友叫杰里米·福尔杰，据说他的家乡是南塔科特。他告诉我们他总是驼着背是因为年轻的时候不小心从桅杆上掉了下来，于是就摔成了这样。虽然他的体形看起来不正常，但他干起活来可毫不含糊。而且普雷布尔船长认为杰里米能来他的船上工作是他的福气。要知道杰里米的名声可大了，他可是远近闻名的投叉手，手疾眼快，工作能力极强。听说他观察力超强，在九英里之外喷水的鲸鱼——用他们的行话说是"吐气"——他都能敏锐地察觉到。对此，安迪和菲比坚信不疑。不同于船上的其他男人，杰里米没留胡子，他的那头枯草般的金色头发似乎被常年的海风漂白过一样。他的样子特别，至今我都不确定他当时是 20 岁还是 70 岁。

一天晚上，普雷布尔船长对他妻子说，这段时间一切太过顺利，他有些不安。不过，经过几天的风和日丽之后，我们终于到达了那个传说中神奇的"合恩角"。在那里，我们遇到了糟糕的天气。有一天傍晚的时候，海上突然来了暴风雨，以至于我们根本来不及去固定好船帆，盖好舱口盖。当然，我们享受暖洋洋的日光浴的日子算是结束了。后来的两天里，暴雨肆虐，狂风掀起海浪，我们的船上下颠簸，我们的处境简直无法用语言来表达。回想起我之前在松树顶上的乌鸦巢里遭遇的事，与这里相比，根本算不了什么。

上甲板前，普雷布尔船长又彻底检查了一遍船舱，看是否所有的物品都绑紧了。他对妻子说："凯特，你在下面别上去，现在船极不稳定。海上不可能一直风平浪静，比这还要糟糕的情况我也遇到过。我打算逆风光杆停船，暂时歇一歇。"

"好的，丹尼尔。你多套双袜子吧，把围巾也往上围一点。"普雷布尔太太回应了一句，但听得出她很担心自己的丈夫。

"爸爸说的光杆停船是什么意思？"菲比好奇地问。

"就是把船帆全部收起来，不让船再航行了。"安迪解释道，"我想上去看看。"

"不许去！"普雷布尔太太生气地大声说道，"上面风浪吓人，只有水手才能稳住，你是想被大浪卷走吗？跟我来厨房吧，帮我烧点热水，晚上给大家做些热汤喝。"

离上床睡觉的时间还早着呢，可是菲比和我已经被她妈妈抱在床上了，一条发旧的绒毛绳子把我们绑得牢牢的，真是动弹不得。

"你们两个可不能掉下来添乱子啊，我们的麻烦够多了。"菲比的妈妈警告我们。

我们两个乖乖地躺着，可周围都是喧闹声，吵得我们睡不着。一盏小油灯挂在外面的主船舱里，灯光微弱，跟着船体一起剧烈地摇晃着，所投下的影子看起来像正在舞蹈的一群魔鬼，菲比害怕地哭了起来。

大家都陷入骚乱中，没人听到菲比的哭声。哪怕有人听到了，也没空过来安慰她。没办法，菲比只好一边用被子盖住头，一边紧抓着我不放。

"西蒂，"她小声对我说，"我真没想到海上会发生这些，你想过吗？"

那天晚上时间仿佛过得很慢。等到天亮的时候我们的处境也没有一点儿好转，因为甲板下面的船舱里黑乎乎的，和晚上一个样。更凄惨的是，一打开舱口盖，海水就会灌进来。即使不去开舱口盖，巨浪也会时不时地袭上甲板，然后海水不停地渗入船舱。船舱里的水已经有好几英寸深了。普雷布尔太太无计可施，但她还是想尽力保住灶火。

普雷布尔船长有时会下到船舱里看看情况。他对妻子说："你最好还是像菲比一样躺着吧。我本想找个水手下来帮你，但大家都腾不出手来。前甲板漏水了，光那里就得四个人一刻不停地往外舀水。"

"哦，我的天！"普雷布尔太太喊道，"现在情况这么糟了吗？"

"说实话，情况不太好。"普雷布尔船长站在舱门口，一口气喝完

了他妻子递给他的热茶，说道，"主要问题是只能等到暴风雨停了，我们才能修补船上的漏洞。要是能挺过这一关，就没问题了。"

我不知道甲板上的人是如何渡过那一关的。我只记得那巨大的海浪一次又一次地袭击"戴安娜－凯特"号时，我都觉得我们将要和船一起葬身大海了。船身不停地摇晃，随着海浪升起又落下，颤颤巍巍的，狂风巨浪一步步把我们逼向绝境。

暴风雨呼啸着，将所有声音都淹没了，船员们扯着嗓子呼叫对方也难以听见说了什么。船上的桅杆也快经不住大风浪的击打了。到了第二天晚上，暴风雨更加无情了。也就在这时，出现了意外，我们差点儿命都没了。

就在那时，由于巨浪不断袭来，船体渗水严重，船头有一部分已经沉到了海里。这就使平时在那里睡觉的船员只能抽空来船舱里稍微休息一下。船上没有一处是干的，船员们浑身湿透了，所以船舱里的积水对于他们来说不值得一提。有一两次，比尔·巴克尔和杰里米，以及其他一些船员朋友出现在我们的视野里，但他们实在太忙了，最多也就给我们个笑脸或者朝我们点点头。话说回来，那种情况下是没有人有心情陪我们玩的。

船舱里几个水手聚在一起，他们正用劲拧干自己湿透的夹克。这时，突然刮来一阵猛烈的飓风，"戴安娜－凯特"号被吹得颤抖起来，紧接着一阵可怕的断裂声传来。如今虽然身处安静的古董店中，但一想起那个声音，我依然一阵恐慌。接下来，从甲板上传来船员们急促的脚步声，更响亮的断裂声和船长的吼叫声。普雷布尔船长是在发布指令，但他的声音在这种喧嚣的环境下和蟋蟀的叫声差不了多少。

"伙计们，快点把桅杆砍掉！"他大声叫喊着。

之前在船舱里睡觉的三个人应声而起，跟跟跄跄地往舷梯上爬。借着那盏摇摆的油灯发出的昏暗的光，我看到菲比的妈妈一脸苍白，显得十分憔悴。她从我们下铺立马坐了起来，一只手紧抓着菲比，另一只手死死地拽着床把手以防摔倒。

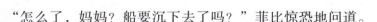

"怎么了，妈妈？船要沉下去了吗？"菲比惊恐地问道。

"不会的，有你爸爸在呢。"菲比的妈妈安慰她说，但她的眼里充满了恐惧。

"我不相信船会沉，因为有西蒂陪着呢。"菲比告诉妈妈，"要知道，西蒂是用花楸木做的，她会保佑我们一路好运。"但普雷布尔太太此时精神高度紧张，以至于她都没听见菲比说了什么。

过了很久，甲板上才恢复平静。船员们回到了船舱里。船长也下来了，特地给菲比的妈妈报平安。他说，桅杆断了，需要安排几个船员上去把它砍掉。而且，桁端之类的东西也得砍掉。

"主桅杆倾斜了，所幸我们没有翻入水中。"他边说边抖着眉毛和胡子上的水。

"丹尼尔，我给你换上干衬衫吧。"他的太太着急地喊道。可她还没有动手找衣服，船长就已经走开了。

一会儿，安迪来到了我们身边。刚刚他和水手们待在一起，知道的可比我们多。他爬上我们的床，盘腿坐下来，告诉了我们他所知道的全部情况。他说："大家都认为我们这次肯定完了。"

比尔·巴克尔说："幸亏伊莱贾和杰里米第一时间砍断了主桅杆，不然，用不到五分钟我们就会葬身鱼腹。船长反应迅速，他知道当时不得不这么做。但老帕奇坚决不同意，他认为应当保住桅杆，而不是把它砍掉。"

帕奇是船上的大副。他的头发是黄红色的，有点驼背，整天脏兮兮的。他看上去不喜欢我们，从不和我们说话，除了见面时象征性地打个招呼。我很讨厌他，这会儿更是觉得他没安什么好心。

"他一直说女人不应该上船。"安迪继续说，"之前他一直想方设法阻挠你们上船，因为被船长压着才没有成功。现在他又说这次噩运是你们带来的。比尔·巴克尔不搭理他，但比尔说船上有人相信他，他没说这些人都是谁。"

第五章

去捕鲸鱼

　　暴风雨总算过去了，天气转晴，大海显得尤为湛蓝。现在，我们到达了南太平洋，船朝着船员们一致认定的捕鲸海域驶去。在大海上，我分辨不出方向，也不知道走了多远。经历残酷的狂风暴雨后，"戴安娜－凯特"号进行了大检修：之前漏水的前舱修补好了，新的桅杆和中帆也安上了，船体从头到尾又重新粉刷了一遍，铁器抹上了润滑油，鱼叉磨得更锋利了，绳子上也涂上了焦油。现在，"戴安娜－凯特"号看起来又恢复到从前完好的样子，大家做好了一切准备，只等着瞭望台上的捕鲸人发现鲸鱼出没后那一声叫喊了。

　　而此时，菲比也和我们的船一样经历了一次蜕变。由于天气变得越来越炎热，她脱掉了羊毛衫。隔几天后，她又脱掉了羊毛连衣裙、法兰绒衬裙和毛线袜子。后来，连她那头卷发也没了。我记得剪发那天似乎很隆重，几乎船上的所有人都来了。菲比坐在一只木桶上，伊莱贾负责为她理发，其他水手在旁边围观监督，伊莱贾动作娴熟，不一会儿就剪完了。看着剪好的头发，普雷布尔太太差点没哭出来。

　　"让她跟着出海就是这种结果，"菲比的妈妈心痛地说，"跟以前简直判若两人。"

普雷布尔船长并没理由反驳她的话，更何况菲比的皮肤也晒黑了，脸上还多出了雀斑。因此，船长只是笑笑，看着妻子在一旁摇头抱怨。

过了一会儿，他对妻子说："给她涂上一点儿鲸鱼油就没事了。现在，她得有一条马裤。我安排吉姆用安迪那条旧布裤子改成菲比能穿的马裤。接下来几个月里我们都会在海上生活，谁会在乎她穿成什么样呢。"

尽管普雷布尔太太反对的态度很强烈，还是为菲比做好了马裤。说实话，头一次看到她穿上马裤，我还挺不安的，怕她以后会不喜欢玩具娃娃。还好，她对我一如既往的好，无论去哪里都随身带着我。也正因此，我有机会了解了有关鲸鱼的知识。对于一个玩具娃娃来说，这可是非常值得炫耀的。现在，我安坐在古董店里，仰望着挂在墙上的鲸鱼图片，当年捕鲸的情景仿佛历历在目。

每当瞭望台上的人发出"喷水啦"或者"有鲸鱼喷水"的尖叫声，所有人都激动不已。于是，船就朝着鲸鱼最后喷水的地方驶去。与此同时，船上带的小艇也整装待发。只要普雷布尔船长命令下艇捕鲸，这些小艇就会出发，大多时候是三艘，有时也会是五艘。小艇上的男人奋力地划桨，朝着如同家乡的哈克贝里山一样大的灰白物体前进。不过，这家伙突然间就消失了，一会儿又在完全不同的地点出现。

杰里米·福尔杰是大家公认的最厉害的投叉手。他必须要将好几根钢叉叉进那个庞然大物的体内。一旦鲸鱼受了惊，尾巴会掀起巨浪，小艇也就有翻船的危险。这次，我们的船追踪到的是一头体格巨大的抹香鲸，让所有人兴奋不已。为了能得到梦寐以求的鲸鱼油，大家发誓绝不放过这头鲸鱼。菲比、安迪和我看着他们将小艇放下，然后迅速朝鲸鱼驶去，身后溅起一道长长的白浪。每艘小艇上有五名船员，他们拼命划桨，离我们越来越远。

"伙计们，祝大家胜利！"普雷布尔船长说，望着他们远去的背影，他掩饰不住内心的激动。

我觉得那几艘如豌豆壳般大的小艇和如山似的灰白物体搏斗，有点自

不量力。要知道，那个庞然大物时隐时现，向天空喷出的水柱非常高。要不是我亲眼看到那个场景，断然不会轻易相信这是真实的。鲸鱼在与船员搏斗时，在水中绕了很大的一个圈，游到了我们主船这边，所以我们能够清楚地看到小艇追捕的过程。安迪紧贴在低矮的栏杆上，将双手搭在额前，想努力看清楚小艇上的人都是谁。

"在那儿！"安迪兴奋地叫道。菲比顺着他指的方向看过去，激动地差点儿把我给扔了。

"那个白色的水柱又出现了。它又在喷水呢！最前面的是杰里米的小艇。我记得他穿的是那件红白相间的衬衫！"安迪再一次兴奋地叫道。

"在哪儿呢？"菲比紧紧地抓着我，在安迪身边跳来跳去。

"快看船头那儿。看啊，他正要投叉呢！"

划动的船桨突然在半空中停住了，一团巨大的黑影罩住了小艇，仿佛要把小艇给压下去。

就在那时，我脑中立刻浮现了在教堂里曾经看到的插图版《圣经》中的那幅图。在这之前，我一直没有将那个庞然大物同我们要抓捕的鲸鱼相联系，如今我才知道原来它们是同一种生物。但我现在仿佛看见的不是书里的那个男人，而是活生生的杰里米正要被那个恐怖的大嘴吞没。

"太棒啦，杰里米叉到它了！"紧接着，我听见安迪扯着嗓子大叫。

"接下来他们要玩南塔科特雪橇了。"安迪告诉菲比，"他们都这么说。"他解释道，"意思是鱼叉叉到鲸鱼后，他们只需放出绳子，紧紧地跟在鲸鱼后面就行了。"

"但我怎么看不到鲸鱼啊。"菲比有些着急。

"一会儿就会浮出水面的，"安迪安慰道，"被鱼叉钩着，它跑不掉的，等着看吧。"

事实摆在面前。不一会儿，那头体型巨大的鲸鱼再次浮出水面，并挣扎了几下，看样子是想摆脱束缚。在强烈的光照下，它的身体熠熠发光；它不断地将水喷向空中，产生了很多白色的漩涡；它拖着小艇游了很久，

时而钻入水中，时而浮出水面，不停地来回折腾。至于它往水里钻了多少次，我真没弄清楚。最后，海水中出现了一缕红色的血流，"戴安娜－凯特"号上的船员们齐声欢呼起来。

没过多久，水面就变得平静了，那像山一样的身躯浮上水面，然后翻过身不动了。主船上和小艇上的人都欢呼起来。

"我们逮住它了。"普雷布尔船长回头高兴地对妻子说，"你看要不晚餐准备点特别的东西，大家庆祝一下？"

第二天，大家就开始忙活着切割鲸鱼。我也就有机会对鲸鱼有了更深入的了解。虽然时隔很久，但是我依旧记得那个庞然大物的身躯被摊放在船上的样子。一大早，菲比就带着我来到了甲板上。我看到了一个升降台，一些水手们站在台子上，手中拿着刀子、长吊钩以及其他一些锋利的刀具。我看到这些可怕的东西，心里直发怵。他们用绳索和链条将鲸鱼吊了起来，然后便开始切割鲸鱼的肉。他们将鲸鱼的油脂一条一条地切割下来，就像削苹果似的。但鲸鱼与苹果毕竟不一样，很快鲸鱼油在甲板上流得到处都是了，这得浪费多少啊。

满船都散发着鲸鱼油的腥味，不过除了普雷布尔太太，似乎没人介意这种气味，"我可一辈子没闻过这么重的味道，待过这么油的地方。"普雷布尔太太难受地说。船员们笑着说这叫作"好运油"。他们分工明确，有的负责切割鲸鱼肉，有的负责把鲸鱼油脂放进锅里炼油，有的负责照看炼油的火。

白天，浓浓的油烟升向天空，好像是一把古怪的大黑伞遮在我们的头顶上。夜间，暗红色的火光在炼油炉里闪动。甲板上既油腻又闷热。

船员们不分昼夜地奋战，他们轮换着休息，但一天也就只能休息几个小时。几天后的一次晚餐时间，普雷布尔船长跟大家说要抓紧时间处理手里的活，他们还要追捕下一头鲸鱼呢。由于这几天他一直忙于切割鲸鱼，手累得连刀叉都拿不稳了。

安迪也被叫去处理鲸鱼了。他一脸神气的样子，像其他干活的人一样

光着膀子，裤子卷到膝盖处。有时候，油烟把他的脸熏得黑黝黝的，这样他黑脸上的蓝眼睛也就显得很怪异，他那头竖起的红头发似乎就更怪了。普雷布尔船长他们不允许我和菲比接近炼油槽，怕不小心烫伤我们。在这一点上，她爸爸非常坚决。

所以，我们只能站在远一些的地方看大家忙碌。不过，这样我很放心，我可不想一不小心滑到滚烫的油锅里，落得像鲸鱼油脂一样的下场。

一般情况下，如果第一头鲸鱼的油脂还没有炼完，他们是不会去捕杀下一头的。不过，他们若是发现了一群鲸鱼，会将手中的活停一停，先去捕杀几头，把它们拖在船尾。现在我们就看见了这样的情景，几只灰黑色的鲸鱼身上的鱼叉上绑着我们的旗子，跟在我们的船尾，看上去感觉怪怪的。这时，还有两艘捕鲸船也来到了附近的海域。我能感觉到他们彼此之间在暗自较劲。我们船上有人提出想同别的船"联欢"。当时的航海人常用这个词，指的是船与船之间的社交往来。但是，普雷布尔船长不同意。他认为，必须先把处理鲸鱼的活干完。对此，船上有些人有了不满的情绪，尤其是帕奇他们那帮人。帕奇摆出船长的架势，不甘心当个副手。他不值班的时候，常常跟他那伙人在一块儿嘀嘀咕咕的。从他脸上的表情看，准没聊什么好事儿。

不巧的是，最后那头鲸鱼我们才处理了大概三分之一，那两艘渔船就开走了。为此，帕奇怒气冲冲地和船长大吵起来。船员们也分成了两派。帕奇一方认为，船员们有权利去和别人联欢。而普雷布尔船长一方则认为，如果没有干完手中的工作就去联欢，那么损失的将不仅是大家的时间，还包括大家的分红。最后，船长若无其事地继续干自己的活了。但是，当他深夜来到自己休息的船舱中，我听到他和妻子说起了这件事。

"以后出海我是不会再任用帕奇了。"他对妻子说，"当初别人向我推荐他时，把他说得完美无瑕，我还认为自己多幸运呢，没想到他的表现这么令人厌恶。"

"丹尼尔，我一点也不感到意外，"他妻子说，"最早看到他那双狡猾

奸诈的眼睛，我就知道他会找事。不过，你是船长，你有权挑选船员，我不会干涉的。"

"他的能力是不容置疑的，"他说，"我也是看上了他掌舵的技能。算了，不想这些了，等捕完最后一头鲸鱼，我们把油桶装满就回家。"

"我可不觉得会这么顺利。"他妻子哀叹道。

船长心里的想法没人能看得出来，在甲板上工作时，他还是像往常一样。

在厨房里，普雷布尔太太一心为船员们做好吃的。她将蜜糖桶刮得一滴不剩，足够每人都能享用到充足的曲奇饼和姜饼。同时，她还为大家炸鱼吃，炸的鱼都是船员们捕捞的新鲜鱼。

后来，我们发现了一头抹香鲸，它比之前的都要好。所有的小艇都放下去追捕了，有两艘几乎是同时来到了那头鲸鱼身边。但也就在那时，出了个意外，因为那两艘小艇上的人没有听到船长的命令。事实是否如此我也不清楚，反正他们回到"戴安娜－凯特"号上后是这么说的。他们争论不休，都说是自己先投的叉。因为先投叉的人分红会多一些。船员们分成了两派，只顾争吵而无心干活。普雷布尔船长宣布将鲸鱼平分，大家反倒更加不满了。

当船员们还在为谁多分油脂而争论时，一场更大的危险已经悄悄地来到了我们眼前。尤其是，我一直觉得这个由木头与帆布所组成的世界，是和普雷布尔家一样安全的地方。

当时应该是在半夜时分，四周一片漆黑，从甲板上突然传来尖叫声，接着是光脚跑步的声音。同时，有人大声喊道："所有人都到甲板上来！"一定是发生了什么不寻常的事，此时海面平静，我想象不到会有什么危险。菲比也想上去看看，但她的妈妈不同意，她是怕我们上去妨碍船员干活。就这样，我们三个人坐在黑暗闷热的船舱里不安地等待着。

不一会儿，普雷布尔船长就下到我们的舱门口，只见他双眼红红的，眼角还流着泪。

"丹尼尔，发生什么事了？"普雷布尔太太着急地问道。

"船着火了！"他努力想让自己平静，"可能最先是从放鲸鱼油的船舱里烧起来的，天知道到底怎么回事。火势正蔓延，我们正想办法拼命扑救。"

"现在情况怎样？"

"船体的前部和中部已经着火了，但一时半会儿还烧不到这里，我们用湿帆布盖住了火，试着把火闷灭。不过看这火势，真不好说。"

"船上可装满了鲸鱼油呢……"普雷布尔太太突然紧张起来，像个小女孩似的紧紧抓住船长问道，"哦，天啊，丹尼尔，我们会得救吗？"

"不到最后一刻我们是不会放弃的。但是万一情况越来越糟，无法挽救，我们也准备了救生艇离开。凯特，现在听我的，这里比较安全，你们就先待在这儿，别害怕，也别乱跑。"

"我才不会乱跑。我和菲比会老实地在这里等你的指令。"她恢复了镇定。

"先收拾一下东西吧，万一……"他止住没继续说下去，转身朝甲板走去，虽然灯光很微弱，但我还是看见了他那张沧桑的憔悴不堪的面容。之后，我们就听见他在上面大声地发号施令，随后是船员们听他指挥来回跑动的声音。

此时，菲比和她妈妈下床穿好衣服，开始收拾东西。普雷布尔太太在大箱子和床之间来回走动，把需要的东西分装好，再一个个打成包裹。菲比学着妈妈的样子，收拾了我的箱子、脚凳、小吊床等东西，还给我穿上了衣服，然后将我和我的东西放在了一个篮子里。菲比边收拾边不停地提问题，比如船马上就会烧光吗，小艇能坐得下这么多人吗，我们能逃到哪里呢，是不是有人故意放的火……但她妈妈统统回答不知道。

不久，安迪来到了我们身边，他带来了不好的消息。虽然大家都拼了命地救火，火势还是抵挡不住。那些压在火上的湿帆布作用不大，散发出一股股呛人的浓烟后，火又在别的地方烧了起来。

"船上的火没法扑灭了，"他说，"现在面临着两个问题：一是我们在船上还能待多久，二是怎样把船开到一个容易获救的地方。老帕奇认为自

己比船长懂得多，有些人很支持他。"

　　普雷布尔太太一边听安迪说话，一边收拾东西。

　　"拿着这个包，跟我来。"她吩咐完安迪，又对菲比说，"你也拿好自己的东西。如果有了大麻烦，我可不想被困在这里。"

　　我们来到楼梯口，发现多数船员正围在船长和帕奇身边，他们手里拿着地图和航海图，正在争论不休。菲比挎着装我的篮子，我能清楚地看到天空、大海和我熟悉的朋友们。那时，天边露出了一抹淡淡的粉红，星星发出苍白而微弱的光芒。海上风平浪静，我们的船几乎没有移动。因为没有风，船帆也就升不起来。我们没看见火，因为湿帆布把火盖上了，只见浓烟滚滚，不断地从甲板中冒出。大家被烟雾熏得又是咳嗽又是流泪的。我再次感受到作为一个木头娃娃的好处。

　　船长和大副帕奇是如何针锋相对的，我已经记不清了。事实上，他们的对话我也几乎听不懂，我只记得他们争吵得很厉害，从严肃而凶狠的表情上就可以看出来。很明显，这艘船是保不住了，所以问题是我们把船开到哪里，才便于被别的船发现，从而可以搭救我们。但是船长和大副各有各的看法。但大部分人都很支持帕奇的观点，他们认为在这样的情形下，有权利参与讨论。但普雷布尔船长不会轻易放弃，他坚定地认为，在船上多待一些时间将有利于获救。他想将船开到从地图上看到的一个岛上，但是帕奇认为另一个小岛更安全。帕奇激动地说船长这么做是把大家带入死路，跟谋杀没什么两样，他是绝对不会同意的。船员们在一旁议论纷纷，脸色都很难看。之后有几个船员公然拒绝船长的命令。争执的过程中时间一分一秒地流逝，耽误了不少做事的时间。烟雾不断冒出，越来越浓，在上空盘旋着。安迪抱怨说甲板都烫伤他的光脚丫了。普雷布尔太太紧紧握着菲比的手，眼睛死死地盯着丈夫的脸。

　　突然，他将手中的地图折起来，把它放进胸前衣服的口袋里，转头看向帕奇。"你带着你的人滚吧，"他怪声怪调地说，"放下小艇赶紧滚，越快越好，我和我的人哪怕沉到海底，也不跟你们这群混蛋一起走。"

"哦，丹尼尔，你在说什么呀？"他妻子压低声音说。

看着帕奇和一些船员们急匆匆地放下小艇，她并没有喊叫，而是依然静静地站在那里。

"凯特，来我这边，"船长用命令的口吻说，仿佛把家人当成了他的船员，"安迪、菲比也过来。不管发生什么，你们都不能走。"

我们几个在驾驶室旁边站着，身边的船员们都一个个忙着逃命。不过，也有不打算走的，杰里米、鲁本和比尔就愿意留下来陪着我们。

"我们跟你在一起，"他们几个对船长说，"只要船还在，我们就不走。"

火球般的太阳从海平面上升起。他们把五艘小艇都放下去时，太阳已经高悬于天空了。但这次，大船上没人为小艇欢呼了。我们静静地看着他们划船远去。普雷布尔太太抖动着嘴唇，就像菲比想要哭时的样子。小艇上都扬起了帆，漂浮在蓝蓝的大海上，远远看去就像几张白色的三角形纸片。

我永远都忘不了他们离开的那一幕，他们冷漠的表情和决绝的样子一直刻在我的脑子里。要知道，之前他们中有很多人是我们的好朋友。我常会想起他们，不知道他们后来怎么样了，是比我们好一些，还是像船长所预言的，他们会遭到不幸。

接下来的几个小时，情况越来越不好，不是我这个木头娃娃用手中这支笔可以写得清楚的。他们几个在船尾搭建了一个简易的临时帐篷，我们躲在里面用以抵挡热浪的袭击。船长和三个水手们还竭力将"戴安娜－凯特"号开往西南方的一处群岛上，就是船长坚持要去的那个岛屿。要知道，让一艘正在燃烧的船保持航向不沉下去并非易事。船长使出浑身解数后，见难以达成目的，就只能放弃了。

"凯特，你和菲比收拾一下，我们要上小艇了。"船长满脸的烟灰和汗水，"比尔，你去找下吃的和喝的，去舱里看看。"

他们在船舷边放下了一条绳梯。杰里米往下爬时，绳梯晃动得厉害。

"哦，天啊！"菲比的妈妈惊恐地叫道，"我才不要从那儿爬下去。"

那一刻，在菲比的妈妈眼里，那条晃动的绳子比失火的船还要可怕。

紧接着，她若有所思地看了看一艘还没放下去的小艇。但是杰里米建议她坐下面那艘大的，会更舒服一些。

"夫人，抓紧我，"杰里米说，"这会儿别有什么讲究了，你提起衬裙，我帮你翻过船舷。"

船长在一旁给她加油鼓劲。杰里米先下到船上，以便接应她。最终，她小心翼翼地翻过了船舷。

安迪和比尔把舱里的几桶食物和水拎了上来。船长拿了他的小指南针、提灯、几样工具以及航海日志。只见他双眼红肿，表情严肃。一缕烟滑过他的面颊，像一道深深的刀疤。

"比尔、杰里米，你们带着安迪和剩余东西上另外一艘小艇。我和鲁本在这艘船上照顾女士们。"船长发出了最后的指令。在这危急的关头，我很庆幸菲比和她妈妈与我在一起。船长又跟比尔他们说："你们的船一定要紧跟在我们后面。如果我判断得没错，日落之前就能看到群岛。"

正当船长讲话时，菲比把我装进一个篮子里，又将篮子放在了一个满是咸肉的大木桶上面。然后，她打算去找一块落下的鱼骨雕像。她爸爸看见了，赶忙把她抱了回来，然后又让杰里米将她放到了小艇上。一眨眼的工夫，菲比就和我分开了，我心里万分失落。我只好自我安慰，跟自己说，我在装食物的桶上，大家不会忘了我，一定会把我搬到另外一艘小艇上去的。我就这样一直等着，但内心还是忐忑不安的，毕竟一切都准备好了。有一次，我似乎听见菲比在大声呼唤，但不知是因为大家都在忙，还是周围噪音太大，没人听清她叫什么。我知道她肯定是在叫我，但这并没有让我感到欣慰。

我听见船长还在发号施令，然后比尔便开始往第二艘小艇里挪东西：我总盼望着能快点上小艇，但始终没能如愿：就在比尔返回来要拿装我的木桶时，有人催他赶紧下去，时间来不及了。突然，从炼油炉的两边蹿出了一人多高的火焰，一旁的桅杆被大火瞬间包围。看到这种景象，他们立马逃离了大船，而我只能眼睁睁地看着他们从船舷处消失，看来没人能救

我了。

　　我难以相信自己的命运如此不济。此时，两艘小艇慢慢划远，我暂时还能看清大家——穿着蓝衬衫的安迪、红白衬衫的杰里米，还有带着贝雷帽的普雷布尔太太。还看见站在小艇后面的菲比，用手指向我这边。我确定，她在找我，她舍不得我，那一刻我内心燃起了希望。但是小艇依然在快速前行，浓烟滚滚，他们就这样从我眼前消失了。这一次，我真的绝望了，没有人肯跑进大火救一个木头娃娃的。

　　"戴安娜－凯特"号就像一个大火炉。船上的温度越来越高，火焰迅捷地爬到高处的桅杆上，没有一个水手有它这样快的速度。我惊恐不安，印象里那些桅杆被橘红色的火焰缠绕着，就像是秋天时波特兰路两边那些明晃晃的树木。比热浪更可怕的是船体爆裂和塌陷的声音。横梁断裂的声音一传到我的耳朵里，我的身子就发抖。要知道，我也是用木头做的，尽管我被雕刻成了一个娃娃，我还是害怕火的，看来我要葬身在这场大火中了。

　　我试着让自己去想过去经历的美好事情——普雷布尔家院子里的松花、苹果花和丁香花，夜里鸣叫的蟋蟀……现在觉得蟋蟀比我的命好，我宁愿冻死也不想烧成灰。要是我能翻个身就好了，那样我就不用看着大火向我逼来的场景了，但是我被紧紧地卡在篮子里，动也不能动。

　　真希望有奇迹发生，说不定我还能捡回一条命，毕竟我是吉祥的花楸木做成的，我这样不停地安慰自己。

　　正当我脸上的漆要被烤化时，"戴安娜－凯特"号猛地倾斜了一下，我估计是船底被烧断了一块。不管出于什么原因，大船倒向了一边，我身下的木桶也一下子被掀翻了。我从篮子里滚落了出来，冲出船舱，掉进了大海里。我记得掉入水中的那一刻，我很庆幸自己不会被大火烧成灰了。对我这个木头娃娃来说，水比火要好得多，而且我听说，盐可是一种很好的防腐剂呢。

第六章

掉进海里，又重遇主人

　　水手们说起死亡时，往往会说"和鱼做伴去了"。我现在算是体会到这句话的意思了。刚掉进水里的时候，情况并不糟糕，我跟船上的一些木板残骸漂在一起。准确地说，刚开始的那段时间内，我躺在一根绳子上惬意地在海面上漂着。后来一个巨大的海浪把我的身子打翻了，我感觉非常不舒服。但是，一想到自己没有葬身在火海中，就觉得无比幸运，也没有什么可抱怨的了。

　　如今，我在古董店里安详地坐着，回忆着自己漂流在海上的那段日子。我自己都难以相信，我日日夜夜在腥咸的海水里漂流了那么久，有时还受到一些体色艳丽的鱼类的撕咬。不过，当它们发觉我这块木头不是它们的食物时，就游走了。我最担心的是体型巨大的鲸鱼或者鲨鱼，它们喝水的时候一张嘴就有可能把我吞进肚子里。还好，命运之神一直守护着我。

　　可能在海水里泡了太久的缘故，我的脑子变得不清醒了，中间经历了什么也记不清了，只知道和一些残破的木板一起漂到了一个岛上。当我清醒过来的时候，我发现自己正躺在一处平静的水洼里。水洼周围长满了珊瑚礁，水草像红色与绿色的头发从珊瑚礁上垂下来直到浮在水面上。各种贝壳类的小动物不停地忙活着。一只大海星缠绕着我的脚踝。我是没有精力驱赶它了。我只想就这样静静地躺着。热带的阳光火辣辣地照在我身上，不一会儿我露出海面的部分就被烤干了，上面结了一层白花花的盐粒。

接下来的事别提多高兴了。我听见有人说话的声音。刚开始我还不相信自己的耳朵，猜想是海浪的拍打声，或者是怪鸟的叫声。但那声音越近，我听得越清楚，更让我欣喜的是，那是安迪和杰里米的声音！我又激动又担心，害怕他们看不到我，害怕他们走远。我心想，要是我能喊一嗓子就好了。

当然，如你们所料，他们发现了我。安迪兴奋地举起我，立马将我带了回去，每个人看到我都露出了既高兴又惊讶的神情。当然，大家也就顾不上责备安迪了，他的任务可是去捉螃蟹的。

菲比紧紧地搂着我，普雷布尔太太高兴地叫道："这真是一个奇迹！安迪，你是在哪里发现它的？"

"就在岸边的一个水洼里，"安迪得意地答道，"还有些木头和杂物漂在那儿，杰里米正在那里打捞，很快就能回来了。"

"哦，这个娃娃真不一般哪，"船长说，"我们花了大半天，看着航海图，划着船桨，才好不容易来到这里，而她就靠自己，这么轻易就来到了这儿。"

船长的这番话我听着并不舒服，心想他又不知道我经历了什么。

"我想，她之所以能来到我们身边，是因为她是由花楸木做的。"菲比在一旁提醒大家。

这次，她妈妈没有教训她。

"再次见到她，我真是太高兴了。"普雷布尔太太高兴地说。"她的到来让我看到了希望。我觉得在这个岛上或许能和外界取得联系，会有人发现我们，把我们救走的。"

"太太，振作一些。"比尔·巴克尔边说边砍脚下那些密密麻麻、又湿又重的藤蔓，"我说过，这个木头娃娃会为我们带来好运的。我才不管这话有没有被别人听到。"

事实上，听到的也就我们这几个人，剩下的就是体色鲜艳的热带鸟儿，

还有在树枝上嘀嘀咕咕、跳来跳去的长尾巴的棕色动物。后来我才知道，那种长尾巴的动物叫作猴子，之后在这个岛上，我和它们的交往可不算少。

"恐怕她回不到从前的样子了。"鲁本把我拿在手里，仔细端详了一遍后说，"这几天她肯定吃了不少苦，在海水里泡着，衣服都烂了，皮肤也变色了。"

"我们还不是一样的。"普雷布尔太太抬头看了看自己那顶挂在树枝上的贝雷帽，叹了口气说。

菲比立马着手为我整理衣服。在强烈的阳光下，我和我的衣服很快就烤干了，只是褪色很严重。当看到其他人狼狈的样子后，我也就没那么伤心了。

这个小岛正是普雷布尔船长说过的群岛最外面的那个。虽然小岛只是一个珊瑚礁，但上面却有茂密的植被，有棕榈树、巨大的藤蔓植物、羊齿类植物和被船长称为"木槿"的开粉红色花的植物。在交错缠绕的枝干间，他们首先发现了两间破茅屋，茅屋是用树干搭起主架，再用草和树叶环绕搭建好的。看上去这个小屋已经有些年头了，因为覆盖在它上面的树叶已经枯黄，甚至腐烂。比尔·巴克尔等人对小屋做了一些修补，补上了破洞，加固了地基，好让我们有地方躲避热带地区随时造访的阵雨。这种雨来得快，走得也快，可能你还没来得及避雨，它就又走了。幸亏有这种雨，不然我们喝水都成了问题。男人们已经寻遍了整个岛，也没有找到淡水。好在每次下雨的时候大家能用桶来存雨水，饮水问题才得到解决。大家非常节省上天赐予的雨水，每一滴都不敢浪费，刷牙洗漱都用海水。至于吃的问题，大家倒是不担心，因为树上长着各种水果，其中猴子最爱吃的椰子尤其多。普雷布尔太太并不太喜欢吃椰子，但安迪和菲比却很喜欢椰子，因为他们在船上吃了太多咸肉和饼干。我真遗憾没办法像他们那样可以吃香甜的食物。

普雷布尔船长坚信其他几个岛上一定住着土著人，其中有一座岛屿在远方的海岸线处隐约可以看到。他估计土著人不止一次来过这个小岛上，

而我们暂居的破茅屋就是土著人以前搭建的。船长和水手们都认为土著人不会对我们友好的，因此很担心他们会再次登上这个小岛。这个小岛附近没发现有船只经过，再加上可能会有土著人出没，大家都很忧虑。每天，普雷布尔船长都会拿着望远镜观察海面上的情况，认真地查看周围有没有船只经过。我们的小艇也随时等着船长下令准备出发。

我永远忘不了在小茅屋里的第一个夜晚。四周黑漆漆的，但很温暖，各种声音此起彼伏，空气中还弥漫着陌生的气味。透过小茅屋的缝隙，我们可以看见星星。普雷布尔船长指着星星给他妻子讲述都是些什么星，仿佛星星给了他某种安全感。不过，他的妻子并不感兴趣，还说这里的星星位置和家乡的不一样，反倒促使她更加想家了。

考虑到当时的情况，普雷布尔太太的表现比我想象的好得多。毕竟，她离家的时候只是想去一趟波士顿，可是却经历了这么多糟糕的事情，走了这么远的路。想到这些，即便她有再多的抱怨，我也不忍心责备她了。她深爱着自己的丈夫，与丈夫在逆境中不离不弃，这也使她更加坚强、更有勇气了。

一天，船长拿着望远镜，刚从海边巡视回来，满脸沮丧。我听见她安慰船长说："不要紧，丹尼尔。这一切不是你造成的。如果我们能回到缅因州，我一定要写首赞美诗感谢上帝的关照。"

"我明白，人处在逆境，得学会接受现实，"船长说，"可我无法接受的是，为什么我失去了我的船只？为什么这次收获巨大，却偏偏失去？为什么连你和菲比都跟着我受罪？是的，上帝一直都很关照我们，可是为什么要我失去这么多？我实在弄不明白。"

这是我第一次听见船长在抱怨，平时，在大家面前，他总是温文尔雅的，只是偶尔拿别人的外表开个玩笑。日子就这样一天天过去了，可我们的处境没有任何改善。船长每天坚持写航海日志，虽然他说这个事本应由大副来做。这里没有笔，也没有墨水，船长只好利用周边的东西来想办法，他把一根树枝的一头削尖，蘸着一种紫黑色的浆果汁，将就着每天写点。他

称这种浆果汁为"越橘墨水"。

我也不知道在这岛上待了多少天。有一天，船长惊喜地说他观察到远处的岛上有烟火。其他人轮流拿着他的望远镜看了看，发现确实如此。而且接下来几天，每天都能看到升起的烟雾。一天早上，船长和杰里米从海岸边快速跑回来，大声嚷着有小船正开往我们岛上，他们不确定船上是谁，但能看到他们用的小船很像当地土著人用的小木筏。不管怎样，海面上有人要来了，是敌是友还分不清，而且他们正在朝我们驶来。船长立刻把大家叫到一块，一起商量如何应对土著人。菲比正在小茅屋的门口玩耍，比尔·巴克尔送给她一些美丽的贝壳，她正用它们为我做一间漂亮的小房子。虽然我们两个在一边玩，但大人们就在我们身边讨论，因此我们听得很清楚。

大家穿好外套站在一起，表情很是严肃，气氛很是沉闷。我感到有大事要发生了，暴风雨来临之前往往这样。

"比尔，你之前和土著人打过一些交道，他们是什么样的人，会对我们友好吗？"船长问道。

比尔满脸严肃，若有所思地望着远方的大海，沉默了一会儿，说："他们是野蛮人——当他们来到你们的船边，想用椰子换你们的棉布、珠子和小刀的时候，他们是一个样子；但当他们的人数比你们多出很多，而你们又没东西给他们，他们就又是一个样子。所以，就我们的现状而言，如果没被他们吃掉就已经很不错了。"

船长眉头紧锁，不安地看了一眼妻子。而他的妻子听到比尔的这番话，吓得脸色惨白。

"夫人，我不是说他们会将我们吃掉，"比尔赶紧安慰她说，"我的意思是我们要做好最坏的打算。"

大家同意比尔的说法，接着开始想办法。决定由杰里米和鲁本前往岸边，先把我们的小艇藏在一个小山洞里；比尔和船长则留了下来，负责保护我们。安迪也想跟着去岸边，但船长不让他去。船长对菲比也下了命令：

"不管发生什么事情，都要按我说的做，知道吗？"

"知道了，爸爸。"菲比顺从地答道，"他们跟咱们在波特兰集市上见到的那些印第安人一样吗，身上到处都是花纹吗？"

菲比这句话把大家都逗乐了，就连普雷布尔太太也乐了。接着，她让菲比抱着我和她一起进小茅屋里去。她还命令安迪也进来，但安迪说要守卫在茅屋门口，以便及时向我们汇报外面发生的情况。船长和比尔就坐在离茅屋很近的地方，他们把船上的穿锁针做武器。这时，因为子弹被海水泡坏了，船长很遗憾手枪派不上用场。

安迪的眼神敏锐，他观察到海面上来了好多船只。

"我估计有五十艘船，"他说，"阳光太刺眼，还不能数得特别清楚。但我可以确定，他们正往我们这边来。"

事实正如安迪所说的那样。杰里米和鲁本刚藏好船回来，一大群赤身裸体的土著人就爬上了小岛。他们有的拿着粗糙的长矛，有的拿着粗糙的盾牌，还有的拿着削尖的棍子。我们很好奇他们是否来之前就知道我们在这个岛上。船长推测他们很可能看见了我们在岛上点火的烟雾，也有可能是来捕鱼、打猎的。安迪弯着腰躲在了门口，随时向我们汇报他所看到的情况。

"他们已经来到大树下了，"他说，"船长和比尔走到他们身边，好像向他们鞠了一躬。这会儿他们停了下来，用手比画着，不知道比尔是否能明白他们的意思。"

过了一会儿，安迪说他们正在朝我们这边走来。他们走到我们身边大概花了五分钟，但是对于躲在茅屋里面的我们来说，这五分钟就好像几个小时一样漫长。听着他们的脚步声越来越近，我竟有些兴奋。普雷布尔船长站在小屋门口，朝我们打了个手势，示意我们出来。普雷布尔太太一只手牵着菲比，另一只手牵着安迪，走出了茅草屋，在外面和船长待在了一块儿。在屋里待得时间长了，外面的阳光显得有些刺眼。但我还是看到我们身边围着好几百个土著人。

"别紧张,"船长轻声对我们说,"到目前为止,他们只是看着我们,并没有对我们做不好的事。"

他们几百双眼睛一直打量着我们,我们被死死地盯着,我还是头一次遇见这样的事。他们的头发乱蓬蓬的,耳洞和鼻洞上都套着圆环,还有手腕、脖子和脚踝上都戴着金属环和骨头串珠。还好,头脑灵活的比尔·巴克尔转移了他们的注意力,他脱掉了衬衣,露出文身给土著人看。那些土著人看上去很感兴趣,一窝蜂地围着比尔叽里咕噜地说个不停。趁他们看文身的时候,我们几个人聊了几句。

"他们很像小孩子,"普雷布尔船长说,"要是他们一直这样就好了。"

他们确实像孩子,兴趣来得快走得也快,不一会儿就离开了比尔。接下来又围着菲比看。我能听见菲比的心跳得很快,看上去她既紧张又害怕,但她并没有退缩,而是将我抱得紧紧的。他们中最高大、戴首饰最多的那个人看见了菲比手里的我,还伸出他巨大的手指碰了我,然后转身对其他土著人叽咕了两句。我估摸着他是酋长,因为其他土著人都看他的手势行事。然后他又转回来向菲比伸出了手。

大家都看得出来他想要走我。

"把木头娃娃给他,菲比。"船长命令菲比。

"不,爸爸,我的西蒂——"菲比快要哭了。

"快点儿给他!快点儿!"船长的语气坚定而严厉,我之前也只是在"戴安娜-凯特"号失火时才听到他用这样的语气说话。

看到菲比犹犹豫豫的样子,酋长露出了难看又吓人的脸色。他转身对其他土著人哼了一声,顿时一大群人发出难听的响声,骚动不安。

虽然菲比很舍不得我,但她最后还是听了船长的话,把我交到了那位土著人的酋长手里。想想我都难以置信:我曾经逃离了乌鸦窝,躲过了着火的大船,逃出了茫茫大海,现在却落到了这么一个野蛮的土著人手里。面对如此境遇,我又能怎么办呢?只能勇敢地面对我即将迎来的命运。那个野蛮人不费吹灰之力就能把我粉身碎骨。要是菲比目睹我被毁掉,该有

多么伤心。我想，在那一刻，估计没人能想起来我是用吉祥的花楸木做成的。

不过，好运确实伴随着我。那个酋长不但没有毁掉我，还对我非常敬畏。他把我拿在手上，反复认真地观看我，还不时拨动我的胳膊和腿。过了一会儿，他让自己的同伴也过来看。他们虔诚地看着我，我由衷地感到自豪。

"这个木头娃娃的确能给我们带来好运啊，"我听见比尔·巴克尔悄悄对船长说，"她倒是能应付他们。他们看她的样子，就像拜神仙一样。"

"嗯，比尔，你说得没错，"船长赞同道，"他们看木头娃娃的眼神多么虔诚，让我联想到宗教集会的情形。"

"我以前从不相信这些，"菲比的妈妈感慨道，"菲比，我得承认我快要相信那位老货郎的话了。"

"他还会把娃娃还给我吗？"菲比可怜地问道，还把手伸向了我。

比尔·巴克尔一把抓住她的手，把她拉到了自己身边。

"别动，"他严厉地警告菲比说，"不要让他们看出来你想要回娃娃。"然后，他又转头对船长说，"如果我没记错的话，土著人认为从你手中抢走你的神，就是征服了你。"

"是的，我也听说过，"杰里米说，"只要木头娃娃在他们手上，他们就不会伤害我们。"

我不知道刚才菲比那个动作是否对他们有触动。因为当她向我伸出手时，就像在祈祷似的。为此，土著人好像更看重我了，他们欢快地围着我，嘴里都念着什么，好一番闹腾。

"好吧，西蒂，"当酋长举起我让大家看的时候，我对自己说，"从你出生，稀奇古怪的事就不少，但是这件事情无疑是其中最古怪的一件。"

酋长叽咕了一声，似乎是在下达命令，这时所有的土著人都在我面前低下头来，而且还手舞足蹈一阵。然后，我就像个神物一样，被他们抬走了。

第七章

向上帝祈祷，见到了土著人和猴子

　　我常常想，世上还有别的娃娃像我一样扮演着这样的角色吗？我竟突然之间成了护佑土著人的神灵，但我不知道他们让我做什么，正如他们也不知晓在集会山的教堂里人们对于上帝的祈求。实际上，我这辈子还没有受到过如此高的礼遇。他们用竹芽和绿叶为我搭建了一座小庙，并举行了庄严神圣的仪式将我迎了进去。我被安放在里面的一个圣坛上，四周摆满了粉色的木槿花。这一拨花枯萎后，他们就换上新的。除了鲜花，还有贝壳和水果之类的东西也供奉在圣坛前面。如果我不是心里惦记着拯救菲比他们的话，恐怕早就在这里得意忘形了。

　　事实上，尽管我任由土著人摆布自己，但心里还是希望上帝能像以往一样来搭救我。那个土著酋长对我尤其关心，但当他把我的衣服一件件脱掉，最后只剩下一件平纹细布做的内衣时，我实在高兴不起来。我就这样穿着内衣坐在圣坛上，没脱我的内衣是因为他看到了内衣上绣有我名字的字母。虽然曾遭到海水的浸泡和烈日的暴晒，但这些字母的颜色还能大致看到。他们明显表现出对这些字母的兴趣。我想他们肯定把这些字母看成了神圣的东西，认为不可轻易触碰。我此刻最想感谢普雷布尔太太，当初是她让菲比给我内衣上绣上名字的，这也使我免遭了裸体的耻辱。

土著人按照他们的审美习惯把我捯饬一番。我的身上和脸上被他们涂上了各种浆果的果汁。我不敢想象自己到底被打扮成了什么样子。但是想想能帮到菲比他们，我就什么都能忍受了。还好我并没排斥他们将鲜花和树叶弄在我身上，也不反感他们挂在我的脖子上用草绳串的红珊瑚项链。我坚信老货郎的花楸木能为我消灾驱邪，也相信我有足够的勇气来摆脱我目前的困境。

我坐在圣坛前扮作神是非常寂寞的。要是那些土著人在小庙前对我讲的话我能听懂的话，或许我会好受一些。但是他们是不会知道我有多么无聊的。我一直对前来祈祷的土著人微笑着，就像在缅因州的家里一样。那是因为老货郎给我雕了一副笑脸，所以保持微笑对我来说很容易。在这里，我每天都在想菲比他们怎么样了，有一两次我听到从远处的树林里传来了他们的声音。还有一次，我竟然听出来是杰里米和比尔·巴克尔的声音。就这样，在这个陌生的环境里，我也不知道经历了多少白天和黑夜，反正日子我是记不清了。

不过，也就是在这段时间里，我对猴子的习性了解不少。要不是命运的捉弄使我来到了这里，我是不可能认识它们的。刚开始的时候，它们爱拖着长尾巴在我周围的树上上蹿下跳，还不时发出吵嚷的声音，搅得我心神不宁。它们还总是盯着我，想接近我。其中一些胆大的猴子对我很好奇，大胆地伸出瘦瘦的手指戳我。我很羡慕它们的手指，又细又灵活，可以像人类的手指一样做事。它们都有十个手指头，而我却只有两只不灵活的木手掌，太不公平了。然而，随着我越来越孤独，猴子成了我这里的常客，我们之间竟然建立起了友谊。它们会用纤巧的手掌好奇地摸我，我开始享受这种抚摸了，内心也感到某种慰藉。其中有只白脸的小猴子，长着一张白白的脸，尾巴特别灵活，尤其喜欢来到我面前。我几乎快把它说的话弄懂了，也正是它的到来给我单调乏味的生活添加了色彩。有一次，它带了一份小礼物给我。好像是

一颗肉豆蔻，我以前在缅因州的厨房里见过。我想小猴子是想送给我吃的，可惜我不能吃东西。但我并不介意它把那颗肉豆蔻放在我的膝盖上，直到后来被一个调皮的猴子拿走。

毛色艳丽的热带鸟儿时常飞来给我唱歌，还有绿色的蜥蜴在我的小庙前出没。我就那样一天天地过着，直到一天夜晚我感到有人来救我。事先我没有发现一丝征兆。实际上，我也无法得到有关菲比他们的任何消息，但或许菲比他们清楚我所在的地方。

一天晚上，土著人在我的小庙前围成一圈睡着了。突然，我听到一阵很轻的向我走来的脚步声。那天晚上月亮没有出来，到处黑漆漆的，只能从棕榈树的树叶间隙中看到几点星光。我无法知晓来的人到底是敌还是友，但没过多久，我就知道了。

过了一会儿，我身体下面的树枝在摇晃。我的小庙很高，底座是由竹子和树枝做成的。这会儿我越发感觉晃动得厉害了。我当时真担心这会吵醒土著人，要知道，那些土著人轻易就能要了我的命。

那人离我越来越近了，我听到了他的呼吸声，感受到了他身体散发的温热气息。接着我被一只手抓起，瞬间离开了圣坛。他紧紧地抓着我快速穿过那溽热幽暗的树林，在此过程中我一直有种安全感，因为我认得这只温暖的手。当我们终于走出浓密的棕榈树林时，尽管夜色昏暗，我还是认出了这个救我的人——他是安迪！

他赤着脚，飞快地朝海岸跑去，还时不时地回头看一眼，担心后面有人跟踪。

"这回他们肯定没辙了。"他一边跑一边小声嘀咕，听上去很得意。

突然，杰里米不知道从哪里冒了出来。看到他时，我高兴地无以言表。

"你来这做什么呢？"他轻声说，"我还以为你和他们在一块儿呢。"

"我去找一个东西。"安迪将我藏在身后，支支吾吾地说，"你们准备好船了吗？"

"就快好了，"杰里米说，"但我发现有一条船漏水了，我们只能挤在一条船上了。要是赶时间的话，对我们可不利啊。"

从他们的小声交谈中我才知道今天下午他们发现一艘大船。但普雷布尔船长害怕惊动这些不友好的土著人，既没有发出求救信号，也没有让大家乘小艇去追赶。然而，大家都认为不能放弃这么一个机会，必须赶上那艘大船，但是白天不方便行动，只有等到天黑下来才好行动。于是，天黑后他们才把那艘藏起来的小艇搬出来。不过，即使是晚上，大家也害怕被土著人发现，一旦他们被惊醒，后果不堪设想。

我们来到了一处很隐蔽的小海湾，这里很难被人发现。借着夜色，我勉强能辨认出大家的身影。菲比和她妈妈已经坐在了小艇的尾部，水手们站在水里正谨慎地往小艇上装剩下的东西，以保持小艇平衡。船长正在紧张地指挥大家，听得出他有些焦急。当他看到擅自离开了大家的安迪时，严厉地训斥了他。

"你可真行啊，"他训斥道，"偏偏在这个时候乱跑。要不是我太忙，真想用鞭子好好揍你一顿，看你长不长记性。"

安迪默默地听着。他等船长训斥完后，从背后拿出了我。

"我离开那会儿是去找西蒂了。"他边小声解释边把我递给船长。菲比一听立马站了起来，小艇也随之一阵猛烈摇晃。

"菲比，坐下，"她爸爸命令道，"嗯，还真是西蒂。"

他从安迪手中接过我，并在手中仔仔细细地察看了一遍后，才把我递给菲比。"你刚刚找她去了？"船长的语气稍稍平和了些，"难道你不知道自己会有生命危险吗？"

"我知道，先生，"安迪有点难为情地说，"我发现了土著人放她的地方，菲比因为她伤心，我决定把她带回来，带她一起离开这里。"

"我们还活着，这真是一个奇迹。"比尔·巴克尔插嘴说。

"如果他们发现洋娃娃不见了，肯定认为是我们拿走了。这样我们就没有好果子吃了。"鲁本警告所有人。

"是的，"杰里米赞同道，"如果他们发现了，我们的生命就会处于危险之中。不管怎样，我很高兴安迪把娃娃找回来了。这个娃娃应该被拿走，她和我们是一样的。"

"是的，"普雷布尔船长说道，"来吧，大家。安迪，尽量站得远一点，看看前面有没有灯光。这艘大船今天下午走得不太快，我希望它没有遇到什么坏情况。"

当我们从海湾进入大海的时候，我被菲比抱在怀里。

"妈妈，"她叹息道，"我再也不会生安迪的气了。等我回到家，把我的碗和银杯都给他。"

"噢，我的孩子，"她母亲叹息道。"我们还不知道我们是否能回去。如果我们回不去怎么办？……"

她没有讲完，但我知道她在想什么。我们的处境很危险，因为如果我们赶不上那艘船，我们就会完全陷入困境。如果土著人发现我们走了，我们再想回到岛上，就会被杀。在这种情况下，我们只能绝望地漂浮在海面上，若消耗完食物和水，只有等死。我很清楚。我想每个人都这么想。

我们都挤在一艘小船上。小船吃水很深，来阵大风就能把我们弄湿。事实上，我不介意像他们那样弄湿。相反，我希望黎明前的波浪能冲刷掉我身上浆果的颜色，这样菲比就能看到我的原貌了。柔和的风吹在海面上，使我们不可能扬起帆。这也意味着另一艘船很难航行。如果是这样的一天，水手们就得奋力划桨。水手们轮流掌舵，划船，用指南针来确保他们的航向。普雷布尔船长准备了一盏油灯。虽然油很少，但油灯保存得很好。他已经准备好了，只要看到前面的大船发出的光，就点灯把信号发出去。

即使是像杰里米和比尔这样经验丰富的水手，也常常把星光误认为是前面船上的灯光。每次有误解的时候，就会给大家带来失望，但水手们并没有放弃。温暖的热带海洋闪烁着粼粼的光芒，每当我们的桨划完一个下降，上升的动作，船的两边的水珠就好像给闪烁的星星洗了一个澡。菲比说小星星的眼睛在漆黑的海中闪烁着。菲比的母亲对这个想法不感兴趣，她说倒影只会让她感到头晕目眩，只有前面的船发出的光才能救我们。尽管水手们一直在划船，但他们却看不见灯光。

疲倦的菲比终于睡着了。我仍然笔直地坐在她的膝上，因为我感受到了我现在的重任，尽管我承认，我必须依靠水手们的不懈努力，来改变别人的命运。

"我们很快就会看到那艘船。"船长用这句话来激励大家。然而，数小时内，仍然没有灯光的迹象，因此大家变得越来越沉默，只是机械地划桨。

安迪在船头蜷缩着，似乎睡着了。突然，他大叫一声："它在那儿！在我们的左边，大家看！"

"是的，"杰里米回应道，"我也看到了。"

一瞬间，每个人都精神焕发。他们大声喊了几声，表达了他们的兴奋，然后又开始振作，划了起来。

"我们离船还有很长的路要走，"船长看着望远镜说，"鲁本，把桨给我，我把灯绑在上面。"

当油灯被捆住时，他开始点亮灯芯。但是灯芯是湿的，他几次没有点着，焦急地抱怨起来。最后，他成功点燃了灯芯，但灯光微弱，闪烁不定。

"这种微弱的光根本不起作用，"船长说，"谁愿意脱下自己的衬衫，烧掉它？"

那时，大家身上没有多少衣服。比尔·巴克尔的衣服在岛上丢了，鲁本自从离开"戴安娜 – 凯特"号的时候就赤身裸体，而杰里米的后背上盖着一块破布。然而，他什么也没说，把那块破布递给了船长。船长从油灯里倒了一点油出来，很快，破布就在桨上烧起来了。当火要熄灭时，船长脱下自己的衣服，把它们烧了。

然后，普雷布尔太太脱掉了她的衬裙。那件衬裙燃烧了很长时间，在这火炬的光下，我看到水手们都汗流浃背。他们非常累。虽然他们尽力了，但他们越来越感到力不从心。但那艘船上的灯还没有亮。

"如果我们以这种速度前进，我们就赶不上他们了，"安迪说出心里话，"他们真的看不到我们吗？"

事实上，这是一个大家普遍的想法，但是没有人能说什么。

我觉得远处的光似乎离我们越来越远。如果这是真的，他们还没有在黎明前发现我们的存在，那么我们的后果将是无法想象的。我想普雷布尔船长也是这么想的，因为他说："我们的油快用完了。让我们把东西都拿出来再试一次。"

我很难相信大家还能拿出什么东西，因为大家身上的衣服几乎和土著人一样少了。"丹尼尔，去把我的披肩、帽子和其他衬裙烧掉吧，"普雷布尔太太说，"现在不是照顾形象的时候。"

船长收集了这些物品，加上菲比的普通细亚麻布。普雷布尔太太深情地看着她的披肩，眼里充满了怀旧之情。这是她最宝贵的财产。她静静地看着，因为它浸在煤油里，在桨上燃烧起来。大火烧得很旺，船长和鲁本伸直了胳膊，试图把桨举得高高的。

"如果大船上的人看不见我们，那我们就得扔下桨，等着葬身大海了。"比尔·巴克尔轻轻地对杰里米说。

现在，火炬熄灭了。他们没有划桨，只是一味地盯着远处的灯光，什么也没说。突然，远处的灯的一侧亮起了更多的灯。

"感谢上帝，他终于看到了我们。"船长非常高兴，"他们用灯发出信号，表明他们很快就会来救我们。"

船长激动得连桨都握不住了。鲁本坐在那里闷闷不乐，双手托着脸。比尔·巴克尔、杰里米、普雷布尔太太和菲比兴奋地抽泣着。如果我能哭，我肯定会哭一会儿的。

第八章

在印度的流浪生活

在金星变亮的时候，我们被"海斯珀"号救起了。很快，我们就在那艘船上找到了家的感觉。这是一艘装备精良的商船，主要做中国和印度的商业贸易。最近，由于严重暴风雨的袭击，它的船体部分受损。由于这次事故，它偏离了正常轨道几海里。船长和船员们不得不把船停靠在一个偏僻的港口，等着船修好之后再重新出发。当我们看到它的时候，它刚换了根临时的龙骨，并依靠着这根龙骨前行。

这艘船的船长和我们来自同一个国家，要是我没记错的话，他的家在马萨诸塞州的费尔黑文。他待人谦虚有礼并很和善，当时是首次出海。现在想起他，我仍然十分感激他。因为当菲比自豪地把我拿给他看时，他看到我狼狈的样子，慷慨地拿出他最好的手帕，把我包起来。这块手帕很大，是用红丝绸做的，还绣有绳子和锚。

我真的需要这条手帕，因为当时我只穿有一件内衣。其他人不可能这么幸运，水手们也不在乎分给他们的衣服是否合身，就直接套在身体上。普雷布尔太太把两件奇装异服缝在一起，为自己做了一件衣服。她还用一块棉布为菲比做了一件。这块棉布最初是用来和土著人做生意的，花色很俗气。

"如果在家里，邻居们看到我穿着这样的衣服，肯定会转身跑掉。"菲比看着她的新衣服说。

不管怎么说，这也是一块布。普雷布尔太太先把布剪裁好，然后开始用水手们的缝帆布的针和线来做衣服。由于面料的缺乏，菲比的新衣服看起来就像一个活动的口袋。普雷布尔船长承诺当船到达下一个港口时，让我们去购置新衣服，好好装扮一番。当初离开"戴安娜－凯特"号的时候，他脖子上还挂着一小袋金子。他说，这是我们未来很长一段时间内唯一可以依靠的财产。但在这个特殊的时期，他不会想着省钱了。

他和比尔·巴克尔、杰里米、鲁本经常闷闷不乐地坐着，我猜他们想知道他们损失了多少鲸鱼油。

"感谢上帝，我们还活着，我们还能讲述这段历程。"他们经常这样互相安慰。

这艘商船比我们失去的捕鲸船要干净很多。尽管我们失去了一切，但我们仍然活着，一想到这一点，我们就精神焕发。这艘船上的船员对我们很友善，菲比很快就成了他们的好朋友。她最喜欢向好奇的水手们介绍我的离奇经历，虽然我的身体上的浆汁已经洗掉了，但她仍然能指出来以前涂的地方。

"并不是每个娃娃都有像她这样的传奇。"他们赞同道。

下一站是孟买。我们马上着手制订采购计划。"海斯珀"号的船长曾答应给他的女儿带回一串珊瑚珠。他说应该为菲比也买一串珊瑚珠。安迪想买一把象牙柄的刀子，普雷布尔船长要给他的妻子买一条漂亮的披肩，以弥补被烧掉的那条。但后来发生了事故，我们靠岸的时间拖得很长，估计没有人比我们更急于早点进入港口了。当渴望的海岸线终于出现在我们面前时，我们的人非常兴奋地叫起来。

放下锚后，"海斯珀"号的船长说："我们在这里休息一天，大家可以上岸看看这里的风土人情。"

那天我看到了很多奇怪的事情，真是让人大开眼界。奇怪的船、圆屋顶、狭窄的街道和可怜的乞丐给我留下了深刻的印象。我们还看到很多男人穿着长衬衫，裹着头巾，我从来没见过像这样穿的人。此外，我们看到一些半裸的男人，他们的手和脚被绳子绑着，身体扭动着，扭曲着，看起来很可笑也很可怕。

"这种人是苦行僧。""海斯珀"号的船长告诉我们。

"这太可怕了，"普雷布尔太太害怕得直发抖，她看到一个两臂长在一起的男人从旁边经过，"他们看起来很不体面。菲比，别盯着他们看。"

一名船员不仅知道当地的道路，而且还会说当地的语言。他给我们带路，帮助我们购置我们需要的东西。由于在海上无聊地漂流了好几个月，上岸后大家非常兴奋。我开始担心他们没有足够的钱花。中午，我们买了一块上等的丝绸，一些漂亮的棉布和一件漂亮的羊绒披肩。此外，我们还买了许多小饰品，只要菲比喜欢，我们就立马买下来。她还买了几条项链，有银的、珊瑚珠的和小贝壳的，她给我买了一串红色的珊瑚项链。每个人都说我戴那条项链太美了。但是谁能想到那是我们在一起的最后一天啊。

我们太忙了，还没好好欣赏我们面前的稀奇古怪的东西，时间就这样过去了。那一天，我听到遥远的地方传来了钟声，我猜想它来自印度的一座寺庙。街上有卖老虎、大象和圣牛的人，他们在集市上讨价还价。我们买了很多东西。其他人去了餐厅，那里的船员们过去常吃咖喱、米饭和甜点，他们还一直用笛子和鼓演奏奇怪的音乐。就这样，当我们忙到下午三点的时候，菲比太累了，跟不上大家的步伐。两个船长还有事情要做，最后他们决定让比尔·巴克尔领着菲比先回船上。

离港口的路还很长，但菲比已经没有力气了。比尔·巴克尔看着她那可怜的样子，决定把我们抱回去。虽然我们在他的手臂上上下颠簸，但还算舒服。这样子我们比当地人高，这给了我开阔的视野。真是一

个好位置，从比尔的肩膀上望过去，一切都一览无余。这种待遇很少见，所以我很珍惜。

我还没弄清楚这是怎么发生的。我想这是因为比尔在稳步前进，而菲比在那天的炎热天气里兴奋了很长时间，有些撑不住了。她的头慢慢沉下去，最后靠在比尔的肩膀上睡着了。比尔·巴克尔继续抱着菲比，对他来说，我们俩就像小玩意一样轻。菲比的手搭在比尔的肩头，我在她的手中颤抖着。这个位置非常危险，但直到我发现自己从她手中滑落时，我才意识到这一点。

我想采取措施来吸引比尔的注意。但我发现我什么也做不了。他们走得越来越远，我不得不躺在路边排水沟里的一块岩石上。

石头很硬，还有水不时从上面滴下来，我躺在那里发呆，不知道要在那里待多久。由于外力的推动，我的身子不由自主地来回摆动，在排水沟里肮脏的泥土里，我感到失去了知觉。但我很快就醒了，我记得菲比睡在比尔的肩膀上。我默默地祈祷，希望菲比快点儿醒来。许多棕色的大脚从我身边经过，有些甚至踩在我身上。但他们走得很快，我被困在泥里，所以我没有受伤。但当我想到大象和它们那笨拙、结实的脚时，我的心充满了恐惧。我头顶上总传来叽里咕噜的谈话声，如果我能听懂就好了。

"我被丢在了印度，"我无奈地对自己说，"有多少次我奇迹般地克服了困难，现在却沦落到这里，想想都难受。"

我能感觉到那串新的珊瑚珠还在我的脖子上。它是那样的明亮、光滑。那时，菲比在集市上，为我挑选这些珊瑚珠子，它们那亮丽的色泽让我们感到相当自豪。然而现在，它们对我不再有任何意义了。我多么渴望能够用它来换取菲比无限的温柔。我很清楚，即使他们发现我迷路了，也很难找到我。然而，我仍然抱着希望，一丝他们能找到我的希望，在这样的困境中，人都会这么想吧？

从那以后我就没见过菲比他们，但后来我听说过他们的一些消息。

当然，这都是后话了。即使菲比活得足够长寿，她现在也应该不在人世了。因为已经有一百多年了，而菲比又不是花楸木做的。当年菲比把我名字的字母绣在了我身上，现在还那么清晰，真让人不可思议。

　　还是回到印度孟买的排水沟。我记得我被又长又柔软的棕色手指拾了起来。那是一个裹着头巾的老人的手指，他瘦瘦的，穿着一件破烂的长袍。显然，是船长给我的红手帕吸引了他的注意。他把我捡起来，在手里查看了一番，准备把我扔掉，但后来他改变了主意，把我擦干净后塞进了他的长袍的一个角落里。我不知道他要把我带去哪里。

　　接着，我发现自己躺在一个小房间的硬岩石上。夜幕降临了，一道柔和的月光从窗户上照进来。我身边有一个柳条篮，里面总有一种奇怪的声音。我无法准确描述它，但它让我感到不祥。我肯定那个篮子里没有什么好东西。如果我能离那个篮子远远的，我愿意拿珊瑚项链做交易。

　　不久，在朦胧的月光下，我看见那个把我从地上捡起来的人和另一个装束和他一样的人进来了。他们蹲在我旁边，捡起我的那个人从他的长袍下取出一根芦笛。我想芦笛是竹子做的，因为它的声音太弱，很乏味，让我觉得很奇怪。我一遍又一遍地听着这个声音，心里充满了悲伤。

　　接着，篮子里传来一阵沙沙声。我看见篮子上方的盖子动了一下，有点翘起来。与此同时，悲伤的音乐也在吹奏。即使没有这种音乐，身处这种地方也足以让我伤心。但我只能把眼睛盯在篮子上，我什么也不能做。突然，篮子倒了下去，我看到一条眼镜蛇的身体和头部。白天，杰里米也指着一条巨大的眼镜蛇向安迪示意，但当时它在笼子里，也只是在随着音乐扭动，所以我们没有感觉到危险。现在，虽然我很害怕，但我还是忍不住看了看。蛇从篮子里爬出来，向那个印度人爬去。在这一点上，只要那个印度人停止演奏音乐，蛇就会停下来，即使它正在滑行。当他演奏加速的时候，蛇移动得更快，看起来好像音乐在操纵蛇。它慢慢地移动，摇晃着它的头和身体，它的鳞片抽搐着，时不时地身体蜷缩成一团。我看到了它的眼睛，还有它嘴里吐出的信子。它爬行时身体和地板摩擦会发出轻微的响声。有一次，它离我很近，我甚至感觉到它冰冷的身体触到了我的脚。那一刻，我吓僵了，我想要是我的头发没有画在头上，它定会竖起来。

当然，就像我说的，人可以忍受他们之前不能忍受的事情。我逐渐适应了与眼镜蛇在一起的生活。最初，我无意与这个生物交朋友，但仅仅过了几天，我就能平静地和它在一起了。我知道印度人在操纵它。这条蛇很有耐心，只要印度人一演奏六孔竖笛，它就乖乖地开始扭动。

我敢肯定，即使是比我勇敢的娃娃，也会害怕被迫和眼镜蛇待在一起。说实话，我讨厌回想起这段生活。不过，让我欣慰的是，我没有做出任何让娃娃家族蒙羞的事。当印度人在操纵蛇表演的时候，我站在旁边，我扮演的角色太被动了。而且有时我还被关在蛇的篮子里，但那时篮子里没有眼镜蛇，只有一些食物和炊具。

当时，耍蛇者赚的钱不多。我想，如果我必须吃东西，印度人就不会把我带到任何地方。他很多次只吃米饭。在农村表演时，他会尝试捕捉一些蜥蜴或苍蝇来喂养眼镜蛇。这个耍蛇人一年四季都在奔波，我跟着他几乎走遍了整个印度。

时间对我来说没什么意义，我在柳条篮子里和这个印度人一起旅行了很多年。我对我的处境非常失望，我无奈地生活在这样炎热潮湿的环境中。然而，生活常常让人感到惊讶。有一天，在太阳落山的时候，炎热的天气终于开始凉爽下来了。我们在一幢又长又矮的建筑物前停了下来。这座建筑非常独特，与城市中的其他建筑明显不同。印度人被一大群当地的儿童和成年人包围着。他把六孔竖笛放进嘴里。与此同时，眼镜蛇随着音乐开始跳舞。我被放在篮子的旁边，裹着一条红色的脏手帕，穿着一件无袖的衬裙，还戴着一条珊瑚项链。当蛇发出声音，爬向它的主人时，我突然听到一些熟悉的话语。正是这几句话

让我有了浓浓的思乡之情。

"来吧，亲爱的，"我听见有人说，"不然我们到家就太晚了。"

就在那时，我看到了一个男人和一个女人。他们有着棕色的皮肤，衣服虽然破旧褪色了，但看得出是我家乡的风格。我很怕他们离开。这个女人显然注意到了什么，叫男人停了下来。他们站在人群的边缘看着印度人的蛇秀，突然我看到那个女人碰了碰男人的手臂，用手指着我示意让他看。

我意识到他们看到了我。但我只是一块木头，无法摆动我的身体来表达我内心的快乐，或者发出恳切的呼救。但幸运的花楸木又一次发挥了作用。我听见女人对男人说："威廉，看看她的脸和头发，可一点都不像印度娃娃。我猜她是在我们的家乡制造的。"

"你是对的。"那个男人说，"我们买下她，把她送给谢恩吧。"

"我正准备说呢。"这位女士说，"她离家这么远，甚至连一个洋娃娃都没有。但是这个娃娃会不会太脏了？"

"没关系，我们可以洗洗。"他笑着说，"你想，我们来这里，洁净了多少灵魂。"

我想那个女人更看重我的外表。但无论如何，我还是非常感谢他们救了我。那个男人会说印度话，他们开始谈论价格。他们谈了好长时间，我真担心印度人乱要价。不过，最后他们还是达成了交易，接着我被转移到那位女士的手中。她用手绢包着我，好像我得了麻风病一样。

我从他们的谈话中得知，这两个人是传教士，他们来到遥远的印度山区，是为了传播上帝的福音。他们在这里建造学校和教堂，试图说服当地人信教。他们还在这里生下了一个女儿，名叫谢恩。他们是为她才买了我。

当我被清洗的时候，我听到谢恩的母亲对她父亲说："当我看到她的美国面孔时，我就想家了。"

"是的，"他说，"你把她洗干净之后，我发现她非常像我在特拉华州的姐姐露丝。"

"我会把她打扮得像我小时候一样，在谢恩回国之前，她就可以熟悉除了头巾和长袍以外的衣服。我猜她曾经属于某个小孩，你看，她的衬裙上绣的是'XIDI'。这是纯亚麻，我得好好洗洗。她以前的主人一定是个很好的人。真不明白她为什么会落到耍蛇人的手里？"他的妻子说。

"上帝自有安排。"他说，"当我们的小谢恩需要一个洋娃娃的时候，她就出现了。真的很让人开心。今晚我们一起祈祷的时候，我要给大家做一场关于找到这个娃娃的布道。"

"威廉，如果是我，我认为这个时候不适合告诉大家，"他的妻子温柔地说服他，"下周是小谢恩的生日，我想把洋娃娃打扮好，到时就当生日礼物送给她。她需要照顾一个洋娃娃了。"

为了不让小谢恩发现，他们把我藏在一个针线盒里。我很快就会焕然一新，出现在生日宴会上，成为另一个小女孩的洋娃娃！那天晚上，当我蜷缩在一个针线盒里的时候，一直在想这件事。

微信扫码收获

有声图书在线收听

诵读背景音乐

世界百科小故事

第九章

我成了另一个孩子的玩伴

如果我对和小谢恩在一起的日子没有太多的描述，并不是说我给她当两年的洋娃娃不开心，只是和以前的那些波折相比，这两年真的很平淡。在她四岁生日的时候，我被送到她身边，一直陪着她直到六岁。说实话，她的名字对她来说不太相称。虽然她是在一个传教士家庭长大的，从小就听过许多赞美诗，但她的脾气却有点喜怒无常。我想有可能是因为她没有玩伴，而且她的保姆总是顺着她。她真的应该有一个自己的洋娃娃。虽然她不像菲比那样喜欢我照顾我，但她对我还算友善。

平心而论，小谢恩的妈妈在布道方面比装扮洋娃娃要擅长得多。然而，我对我合身的衣服已经很满意了，也没什么可挑剔的。她给我做了一件宽松的连衣裙。这条裙子很大，几乎遮住了我的脚，领口的褶皱也几乎遮住了我的项链。但这些都无关紧要。至少现在我干净舒适，而且再次成了一个小女孩的洋娃娃。

这荒山上的生活单调乏味。因此，每当从外界接收包裹，或者给当地居民施洗，我们都非常兴奋。虽然生活太枯燥，但我知道我是安全的。我打算利用这段时间充实自己。在炎热的中午，当印度男孩赤着脚忙着做家务，或拉动使室内通风的风扇叶时，我们就静静地坐在房间里，谢恩的母亲开始教她识字、算术。有时，她的母亲也教她读《圣经》中的章节，给她唱赞美诗。

老实说，我一开始还不太明白。我记得她说过这样的话："我们都是尘土做的。"这让我很害怕。但很快我意识到这和我没有关系，我是花楸木做的，我才没有做过灰尘。从那时起，我就不去深究他们说的话了，也不想给自己找烦恼。我非常喜欢赞美诗，当小谢恩和她妈妈一起读的时候，我记住了很多。这些赞美诗中的有些内容非常打动我，以至于我今天仍能背诵。我记得其中一首赞美诗：

> 我来自格陵兰岛的冰冻山脉，
>
> 来到印度的珊瑚海岸，
>
> 在赤道的大洋深处，
>
> 看到千万的美丽海岛。

对我来说，这一段就像是写的我。还有一首赞美诗：

> 上帝施恩德，但却白费力，
>
> 世人都无知，只知拜偶像。

我认为这首诗对我没有任何教育意义。毕竟，我有过岛上的经历。如果谢恩的父母知道我曾被当作偶像，他们会怎么想？

小谢恩正在学习刺绣，主要是绣一些柳树、鸽子和玫瑰之类的东西。她还绣了一首赞美诗：

> 如果被激情、喜悦和美丽所支配，
>
> 就会被愚蠢和时尚诱惑。
>
> 哦，请不要让这些鬼魂统治我们的灵魂，
>
> 让青春成为永恒，灵魂永远年轻。

那时小谢恩已经五岁了，越来越活泼。有一天，她发了高烧。她的父母把家里的好药都用尽了，但还是没有一点作用。保姆在床边日夜照顾她，即便如此，小谢恩的病情还是没有好转。最后，保姆偷偷

溜了出去，叫了当地医生。医生仔细看了看那个躺在床上的小谢恩，摸了摸她的前额，用他那褐色的手做了一些奇怪的动作。然后他开了一些药，告诉保姆吃药的方法，就离开了。显然，保姆知道小谢恩的父母不相信当地的医术，所以她冒险叫来了医生。我不知道她是怎么瞒着谢恩的父母煎药的。总之，她下定决心要救这个小女孩。很多时候，我看到小谢恩的母亲一走出病房，她就溜进去，并耐心地给小谢恩吃了药。

不知道是当地草药的作用，还是小谢恩家里的药的作用，或者是小谢恩自己的意志力的作用，也可能三者都起了作用。最后，小谢恩可以下床了。但她不像生病前那样活泼了。她的父母为此事讨论一番后，决定送她回美国。

"这里的气候对孩子不太好。"一天晚上，小谢恩的父母趁她睡着了在一旁商量，而我就坐在她床边的灯台上听着，"只要有机会，我们就把她送回费城。"

我之前听说过，谢恩的外祖父母住在费城，他们从未见过这个孙女。每一次他们寄来信件，都要求谢恩的父母把谢恩送回去，住在她母亲小时候住的房子里。

"的确，这里的环境对孩子的成长不利。虽然我们很舍不得她，但我们必须让她走。"她的父母终于决定了。

离开的日子说来就来了。本来离开之前有很多事情要准备。然而，负责护送我们的朋友突然催我们上路。于是我们只好快速收拾行李，坐上牛车，开始了漫长的旅程。我们坐的牛车走了很长很颠簸的路，然后我们又乘船走了水路，最后终于来到了平原。如果不是这次出行，我真的不知道印度的耍蛇人带我走了这么远。我又一次走上了孟买热闹的街头，这次我要坐上船回到阔别已久的家乡了。

小谢恩和她父母的告别很感人。小谢恩的父母很可能在未来 5 年里见不到女儿，所以当他们在一个传教站看到两个中年妇女带着小谢

恩离开时，忍不住泪流满面。坐上"彩虹"号这艘船没多久，我就感到这两个女人不太擅长照顾小孩子。他们这么照看小谢恩：早餐看着她喝下麦片粥，并敦促她每天早晚都读祷文。这一段旅程很顺利，但小谢恩很淘气，总是调皮捣蛋。几天之内，她就像变了一个人。和菲比一样，她不会老老实实地待在船上，而是到处乱跑。她的淡黄色的头发，本来一直很平稳地垂着，现在被风吹得凌乱不堪，而且脸上还长出了许多雀斑。现在她穿的裤子和裙子也都磨破了。即使这样，她也没有觉得不好，但是一听说那两位女士想要管她，她就像一只松鼠一样敏捷，消失在大家的视线里。后来，她们只好由着她了。

她在船上交了很多朋友，但船长似乎不愿和大家混在一起。我对船上的事几乎一无所知，因为小谢恩出去从不带着我，而是把我关在一个闷热的船舱里。幸运的是，我能看到蓝色的大海，还能听到熟悉的声音，如大风的飒飒声和水手拉绳的声音。我知道我的家乡越来越近了，尽管我在家乡的时间还没有在外面漂泊的日子长。

一路上，我们走得很顺利，航行很快就要结束了。一天早晨，卡罗莱纳州的海岸进入了我们的视野。一些人说，过不了几天，我们就能抵达费城。在那之后，我们在沿途的港口停了一两次，卸下了一些货物。

终于到达了费城，我对费城的第一印象是这样的：那是一个阳光明媚的四月清晨，谢恩的外祖父驾着马车带我们穿过一条条整洁的街道，街道两旁都是漂亮的砖房。一路上，马蹄铁击打在卵石上的清脆悦耳的声音在我耳边作响。在我们经过的每一家门口，几乎都有一个女佣在清洗前门的铜把手，或者打扫台阶。道路两旁的树都长出了嫩芽。商人们拉起店铺的百叶窗，看上去干净又漂亮。看着这一切，我激动得想要大声欢呼。我终于回到了熟悉的地方。自从离开普雷布尔家以来，我还不曾这么高兴过。

马车停在一座白色的砖房前，我和小谢恩一出现就吸引了大家的

目光。从人行道往前走三级低低的台阶，就到了前门。这座房子坐落在遍布基督教信徒的大街上，难怪小谢恩的母亲会去一个遥远的国家传教。房间布置得很精致，但就是小了点儿。壁炉也比较小。房间里装饰着许多精美的玻璃灯。所有的家具都很漂亮，看不出有孩子生活过的迹象。不过事实也如我所见。

小谢恩的外祖母很胖，她的头发白了，手上布满皱纹，但她气色很好，脸颊红润。她穿着黑色的纱裙，走路时发出沙沙的声音。她还戴着一顶优雅的蕾丝帽子，帽子两边的飘带随着身子移动来回摆动。见到小谢恩的这一天外祖母可忙坏了。看着她外孙女那不体面的衣服，她不停地摇头叹息。

"亲爱的，"她转向丈夫说，"印度真不适合养育孩子，比我想象的还要糟。看到我可怜的外孙女穿成这样，没件像样的衣裳我就难受。"

"亲爱的，你明天去给她定制新衣服吧，"她丈夫安慰她说，"买最好的布料，找一个好裁缝。让我们把她打扮得像费城的其他女孩一样漂亮。好吗，谢恩小姐？"

但她的外祖母只是摇了摇头。"我们是需要为她做些像样的衣服，但要花上几周的时间。可是明天我就要去普莱斯家参加聚会了。"

小谢恩一听到这个消息就兴奋起来，因为她从来没有参加过聚会。当然，我也没有参加过。早上，我们就跟着小谢恩的外祖母去买东西，街上丰富的物品看得我眼花缭乱。当时是买不到现成的衣服的，如果你找不到一个手艺好点的裁缝，那可就麻烦了。一个裁缝通常在一个家庭里要住几周，给每个家庭成员缝制合身的衣服。

"无论如何，我得先给你做一条玫瑰花腰带和一双新鞋。"小谢恩的外祖母思量了一下，决定立马行动。

这种新鞋是用摩洛哥的优质羊皮制成的，穿上去很舒服，脚踝处可以用缎带系起来。新腰带也取代了旧腰带。当小谢恩的外祖母给她梳好头发，给她戴上她妈妈小时候戴过的一条蓝色的吊坠后，她的外

祖母说她看起来还算体面，尽管她还没达到她的外祖母心中的理想装扮。让小谢恩的祖母烦恼的是不知道怎么把小谢恩满脸的雀斑去掉。我为没人在乎我的装扮而着急。但在最后一刻，谢恩发现一块从腰带上剪下来的布，给我做了一条围巾，还取出了我的珊瑚项链给我戴上。然后我们就去参加聚会了。

普莱斯家就在附近，小谢恩的外祖母派了一名女佣护送我们。不久，我们就来到了一座漂亮的砖房前面。一个身材高大的女人热情地欢迎我们，她还吻了小谢恩。

之后，我们被带进了一间大房间，里面有很多小女孩，她们都穿着蓬蓬裙，系着漂亮的腰带。她们的装扮很靓丽，就像一群色彩鲜艳的热带蝴蝶。她们的一举一动都很迷人，我来之前可从没有想到过。但她们的心灵并不怎么好。大人们一离开，他们就开始聚集在小谢恩和我周围，对我们的打扮指指点点。她们不怀好意地笑着，也许她们的本意并不是要伤害我们，但毫无疑问，她们的行为使我们感到难受。

"如果在印度要穿这种衣服，我可不会去那里。"一位看上去很时髦的小女孩说。

"你脸上怎么会有这么多雀斑？"另一个女孩粗鲁地问道，"为什么你的裙子没有系上蕾丝和蝴蝶结？"

在那之前，小谢恩还认为她的衣服很完美！听着她被那些不礼貌的小女孩奚落，我心里真为她打抱不平。她没有回答这些小女孩的任何一个问题，只是瞪着她们，好像她们是一群怪物，而她却不幸掉进了她们的魔爪。最后，她们又看向我，对我的穿着也进行了一番讥讽。但我感到如释重负。"我终于帮了她，"我想，"她今天会很感激我的。"

那些女孩太粗鲁了。她们侮辱了我，我现在一想起来仍然感到很难过。如果我以前是一个没见过什么世面的娃娃，被她们这样数落，一定会万念俱灰的。在她们的眼里，我只是一个"丑陋又破烂的家伙"，看起来就像是从一个壁龛里拖出来的。

最让我难过的是，一个小女孩说我就像从一堆垃圾中捡起来的一只小猫。我承认，经过了一连串的磨难之后，我的外表肯定会改变，但我没想到会变得如此悲惨。我知道我的肤色不太好，但别人的皮肤也好不到哪去呀。不管怎样，这些话深深地伤害了我。但我没有表露出来。我生来就有一张微笑的脸，我保持着自己高贵的气质。

小女孩们拿出她们的洋娃娃。说实话，跟她们手中的娃娃比起来，我太普通了。首先，我是娇小的，而那些娃娃很高。一些娃娃的头是瓷做的，涂的油彩也很漂亮。还有一些制作精美的娃娃，她们有着大大的玻璃眼睛和真实的头发。只是我是木头娃娃。与我相比，这里最普通的娃娃，看起来也像一位高贵的公主。我想，如果小谢恩让她们看看我脖子上戴的珊瑚项链，或许能改变她们对我的看法。但谢恩想的是如何让我消失。

后来，孩子们上楼来到餐厅。她们很快把娃娃放在壁炉旁边的大沙发上。我发现自己站在一个瓷娃娃的一边，另一边站着一个又高又亮的蜡像娃娃。夹在她们中间，我太不舒服了。我们之间没有任何交流，但我能感觉到她们俩对我不屑一顾。

"无论如何，外表并不是最重要的。"我告诉自己。

在那一刻，我决定为她做任何事，只要她不再因为我而受到侮辱。唉，当时小谢恩坐在一张长桌子旁吃饭，而她的心却在酝酿着一个诡计！

后来发生了一件让我不敢相信的事。虽然说出这件事让我很痛苦，但我必须说出来。

当插着蜡烛的生日蛋糕被小心地抬进餐厅时，所有的孩子都一窝蜂地挤到前面去吹蜡烛了，而小谢恩则趁机溜走了。她飞快地跑下楼，跳到了放娃娃的沙发上。我以为她要带我去参加聚会，但事实并不是这样，因为她的脑子里在想着另一件事。

我不知道发生了什么事，突然被一把抓住，还被狠狠地塞进了沙发。

但是沙发靠背，扶手和坐垫之间的空隙太小了，而我又这么大，根本就塞不进去。但她并不在乎，还是使劲把我往里塞，直到她看不到我。沙发是用马鬃毛做的，我被塞进去的时候，还被刮伤了。如果我不是坚硬的木头做成的，可能早就断成两半了。被塞进去之后，我发现空间稍稍大一些了。因为沙发架和沙发靠垫之间有一个小洞，据估计这以前是老鼠的家。然而，老鼠的房间也不是很大，顶多也就够一个老鼠活动。

　　我听到小谢恩跑回餐馆的脚步声，内心极度绝望，我不能接受我被遗弃的事实。我曾经以为她不可能这样对我。当她被小女孩们奚落的时候，我设身处地地体谅她，非常愿意为她挺身而出。一直以来我把她当作亲人，她却以我为耻。我认为没有比这更痛苦的了。

　　过了一会儿，小女孩们都下来把她们的娃娃带回家。我听到她们难过地说，站在我旁边的那个漂亮的蜡像娃娃开始融化了，因为离火太近了。听到这个消息我本应该高兴，但我没有。处在这种境地，我的心中只剩伤心了。

微信扫码收获

有声图书在线收听

诵读背景音乐

世界百科小故事

结束了煎熬的日子，还听了演唱会

我不知道我在那个沙发里待了多少个日日夜夜。尽管我的处境很糟糕，但我还是时常安慰自己，任何恶劣的环境我都可以适应。当然，躺在这么狭小的地方很容易感到厌倦和无聊。而且，当初我是被塞进去的，我的身体被挤得难受不堪。其实，我的身体所遭受的一切不算什么，我难以忍受的是人格上受到的耻辱。

聚会结束几天后，这家人把沙发搬到了阁楼上，因为他们买了一套新的紫檀木沙发。在此之前，我曾听他们讨论过对我藏身之处的旧沙发要怎么做，他们中的有人主张把它拆掉。我希望这个人的话应验，这样我就可以得救了。但很快我就感觉到不是这样，这个沙发被几个人抬走了。从那时起，我的日子就越来越无趣。我只看到一只蛾子和一只啃木头的老鼠，但后来他们甚至都不来了，因为马鬃毛太硬了。

在那段受尽煎熬的日子里，我思考了很多问题。既然小谢恩一受到别人的批评就无情地抛弃我，那么她学习的宗教知识和赞美诗根本没对她起到作用。我相信她会在她外祖父母面前撒谎，编个我失踪的理由，而她的外祖父母很快就会给她买一个她渴望的蜡像娃娃。

"穿着打扮似乎很重要，"我窝在沙发洞里想，"打扮得漂亮点，日子

或许就好过一些。"

为了打发时间，我有时会背诵赞美诗和《圣经》，尤其是关于人生苦短和世事无常的诗句。我估摸着我一定在那里待了很长时间，因为当我被解救出去的时候，那个办生日派对的小女孩已经结婚了。现在，我成了她的表妹的娃娃。她的表妹非常喜欢我，这让我很高兴。

我要告诉你我是怎么得救的。通常下雨天，孩子们喜欢跑到阁楼上去玩。我一直期待着这样的日子，因为他们的笑声驱走了我的孤独。与此同时，每当晚餐铃声响起，他们匆忙下楼时，我又重归孤独。有一天，来了很多男孩和女孩。

"让我们在沙发上玩小火车吧。"一个男孩突然提出来。

大家一听，就都跑到沙发上来了。

在我获救之前，我不知道火车是什么东西。当时这种车已经取代了驿站的马车。但是因为我没见过火车，所以也想象不出它是什么样。我能听到的是，孩子们在愉快地模仿火车的轰鸣声。他们还在我身上跳着，脚在沙发上踩来踩去。虽然沙发很结实，似乎也是用花楸木制成的，但我还是希望它能塌下来，这样我就能出来了。只要我能出来，即使我被踩裂，也不在乎。就在这时，我感到有一只手从缝隙里伸进来。那时候，我害怕这只手没拉住我就缩回去！但当它抓住我的腰时，我欣喜若狂！

然后，我出现在所有的孩子的面前，他们用小手抚摸我，个个都流露出好奇的眼神。

"这里有一个娃娃！"他们大声叫道，"这个木头娃娃真可爱啊！但她是怎么掉进沙发里的？"

他们带着我一起跑下楼梯，把我拿给每个成年人看。然而，没有一个人认出我，要是当年办生日聚会的那个表姐在的话，也许她能认出我，但她结婚后去了堪萨斯州，一个我从来没听说过的地方。

于是，我成了克拉丽莎·普莱斯的娃娃。在她的悉心照料下，我度过了愉快的几年，学到了不少东西。特别是陪她在女子学校的日子里，我还学会了用笔写字。

克拉丽莎是一个安静的孩子，她比我以前的那些主人年长一点。我和她在一起的时候她已经 10 岁了。这孩子太虚弱了，不能像她的兄弟姐妹们那样整天闹腾。她有一张小小的严肃的脸，一双眼睛是灰色的，下巴尖尖的。她的头发是棕色的，总是柔软而整洁。她是一个手巧的女孩，针线活做起来比我以前的小主人强多了，这对我来说是件好事，因为我正愁没衣服穿。从她收养我的第一天起，她就开始忙着给我量体裁衣，所以她很自然地找到了我的内衣上的名字。

"您以前的主人一定很重视你，西蒂，"她对我说，"看，您戴着珊瑚项链，内衣上还绣着名字。"

听到"您"这个称呼，我有些摸不着头脑，后来知道这是他们贵格派教徒之间一贯的叫法。之后再听到她这么说我就很高兴了，因为这表明她不是把我当外人，而是当作她的家人。克拉丽莎的母亲衣着朴素，从不戴任何珠宝，她总是认为这些东西很俗气，所以她对我是否可以戴珊瑚项链显得有些犹豫。后来，克拉丽莎说珊瑚项链对我来说是一种很好的搭配，让我最好戴着它。她母亲最后同意了，但不要她老是看我的项链，她还让克拉丽莎把我的衣领做得高一些，这样珊瑚项链就不容易露出来了。克拉丽莎照她母亲所说的去做了，但她会经常掀开我的衣领，看看我的珊瑚项链还在不在那里。她从未被允许穿戴华丽的衣服和配饰。对她来说，她帽子上的蓝丝带就是唯一的装饰品了。

不过，虽然我的衣服不是很艳丽，但我有两套，所以我就可以换洗。其中一套是一件浅黄色的家庭礼服，上面绣着棕色的树枝，我星期一到星期六穿的。另一套是典型的贵格派西装，西装是浅灰色丝质的，前面带着一个白色三角形的薄布，还配有一顶颜色浅淡的帽子。我通常在星期天穿这件衣服。普莱斯家把星期天称为"第一天"。

"她现在看起来像我们的朋友。"在我被穿上宗派服装后，克拉丽莎高兴地说。后来我意识到，他们所谓的"朋友"指的是那些和他们有同样信

仰的人，也就是他们的会众。

"是的，"她母亲回答，"我希望她能被圣灵感化，在集会上发言，尽管您不能把她带到那里去。"

我叹息，尽管这些年发生了许多变化，如旅行方式、穿衣方式等，但不能带娃娃进教会的规则并没有改变。我被克拉丽莎带上街头，发现女士们穿的裙子比过去宽松了，奇怪的是，裙子里面撑了一个钢圈，腰也束得很紧，我真的很怀疑这些女士们是怎么呼吸的。克拉丽莎的姐姐露丝不喜欢穿这种衣服，她悲叹自己出生在一个贵格派家庭。她有 18 岁了，是一个非常漂亮的女孩，黑头发，黑眼睛，红脸蛋。她母亲常提醒她不要有虚荣心。

我觉得露丝很善良。她既帮克拉丽莎为我寻求做衣服的布料，又亲手给我缝制衣服。有一天，她发现有个木盒子在阁楼里。她灵机一动，把盒子打扫干净，然后向克拉丽莎建议用那个盒子给我制作一所小房子。克拉丽莎立刻对这件事着了迷，她把盒子用纸糊住，然后找到一些小盒子给我当椅子。后来，一个表姐给她带了一个带盖子的小桌子。这样，我就有自己的桌子和椅子，每天坐在那里，看起来就像我在学习一样。克拉丽莎给了我一叠邮票般大小的纸张，她的哥哥威尔，用邻居家鹦鹉的一根羽毛给我做了一支笔。这支笔看上去很漂亮，绿中带有一点深红色，我非常喜欢。我很担心普莱斯太太认为这支笔太花哨了。但也许她不会反对，因为鹦鹉本身的颜色就是这样。

"自然最好。"她以前说过这样的话。但我想知道如果她看到岛上的土著人的打扮，会有什么感受。

这样，我在属于我专有的新房间里一天又一天地过着充实自足的生活。那年冬天，我还得到了一条编织地毯和一只可爱的小瓷狗。把这只小瓷狗放在毯子上，正好合适。

前面那段日子的讲述有点省略，在此补上。我从阁楼被救出来的时候已经是八月了，从那年八月到第二年年初，还发生了不少事情。大约在十

月底，我听说阿德里娜·帕蒂要来了。一时间，每个人都在谈论她。据说帕蒂的声音很美，像鸟儿一样委婉动听。她的年龄比露丝大不了多少，但她已经很有名了。她这次来费城举办演唱会，之后将前往欧洲，给那的国王和王后们表演。很快，无论是在大街上还是在茶馆里或是学校里，每个人都在谈论这件事，都希望能拥有一张帕蒂演唱会的门票，欣赏到帕蒂的歌声。

露丝非常想去，但她父母认为这门票太贵了，而且觉得这很庸俗。克拉丽莎一点儿都不敢向她父母提这件事，因为她知道她的父母不会答应。尽管如此，她还是非常关心这位歌手的新闻，她从她得到的报纸上剪下了她的照片，并把它贴在了我的小房间的墙上。所以我对这位歌手的样子太熟悉了。说实话，我觉得她长得很一般，但后来我知道她的唱功真了不起。

演唱会的那天早上，费城的每个人都很兴奋，仿佛连街道两旁的房子都期待着听演唱会。在学校里，克拉丽莎和我坐在一个角落里，我听到三个要去听演唱会的女孩一直在说悄悄话。这三个女孩很容易辨认，因为她们的头发由卷发纸做成了发卷，她们这是为参加晚上的演唱会而做的准备。她们不停地说话，无论课上还是课下，一直到放学还在嘀咕。

在我们放学回家时，一个男孩常和我们一路走。他像往常一样帮助克拉丽莎拿着书本。他是德国人，脸圆圆的，他的家离我们家不远。他叫保罗·施耐德。虽然学校里的一些女孩经常嘲笑他破旧的衣服和强烈的外国口音，但我一直都喜欢他。他的父亲在另一条街上开了一家面包店，为此很多人都不想和他一起走。

"你想听阿德里娜·帕蒂唱歌吗？"他问克拉丽莎。这个问题有点出乎意料，我怀疑自己听错了。

"当然想了，但我父亲是不会同意的。"克拉丽莎无奈地说。

"想去就能去。"他说，脸上显示出自豪的表情，"我可以带你进去。"

克拉丽莎显然没有预料到这一点，但她还是有点不相信。

"你怎么能进去呢？门票不仅昂贵，而且听说几个星期前就卖光了。"

她问道。

"我不需要门票,"他说,"我的叔叔汉斯在乐队里吹奏长笛,他可以带我们跟着乐队一起进去,我以前跟他去过好几次呢。"

克拉丽莎听他这样说,兴奋得几乎全身发抖。我知道她在想什么。当保罗谈到这个计划时,她的脸涨得通红。巧合的是,那天晚上,她的父母要去拜访亲戚吃晚饭,他们会回来得很晚。只要她假装在房间里睡觉,她就会在她的父母离开后溜出房子,在指定的地方去见保罗。保罗的计划太周密了,她无法抗拒。我想越是平日里乖巧听话的姑娘,一旦受到诱惑,动了心,就很难抗拒。最后,她答应了保罗,到时候跟着他叔叔一起进演唱会。

那天下午,我在小房子里看着阿德里娜·帕蒂的照片,心里想着克拉丽莎是否会带我去听音乐会。晚饭前,她送走了父母,然后回到房间。我看她的脸颊红红的,瞳孔又大又黑。我就知道她已经下定决心要赴约了。突然,我有一种犯罪的感觉,因为我看到她把我的衣服从盒子里拿出来。她脱下了我的印花布外衣,为我穿上了丝绸衣服。我脖子上围的白色三角形围巾弄得我发痒,但只要我看起来漂亮,也没什么可在乎的了。令我惊讶的是,她还拿出了我的珊瑚项链,把它露在我的衣服外面。要知道,她妈妈是不允许她那样做的。

事情进展得很顺利。晚餐时,露丝一直催促她的弟弟妹妹们快点用餐,早点休息,因为把他们安顿好后,她才方便出门做自己的事,现在她虽然去不了演唱会,但是也要空出些时间找朋友们玩。晚饭后,她抓起威尔的书,让他去做作业,又厉声斥责她的弟弟妹妹们上床睡觉。

"你得在9点钟上床睡觉,"她对克拉丽莎说,"但是记得把衣服叠好放在椅子上。"

克拉丽莎还没回话,露丝就跑掉了。克拉丽莎看着她转过屋角,急忙回到自己的房间。她把我放在壁橱里,然后双手颤抖着从柜子里拿出她最好看的衣服,匆匆忙忙地穿上了。最后,她想都没想就跑进了露丝的房间,

把露丝的蓝丝带绑在了她的腰上。这条腰带是别人送给露丝的礼物，露丝很少系它。克拉丽莎悄无声息地以最快的速度完成这一切。夜幕降临时，她准备出门了。她披上了一件棕色的斗篷，把我藏在斗篷里面。我们设法溜了出去，仆人们正在厨房里忙活着，而另外两个男孩则在楼上玩游戏。如果大人在家，是不会让他们玩这种游戏的。

那是一个深秋，夜凉如水。点灯人提前将街灯点亮了，街灯挂在柱子上看起来像幽灵一样，非常可怕。我能听到克拉丽莎心跳得很快，呼吸急促，她飞快地跑过附近的街道。我想她是害怕邻居看见她，问她要去哪里。幸运的是，我们没有遇到任何人，或许因为邻居们正在吃晚饭，要么就是正为去听阿德里娜·帕蒂的演唱会做准备。

保罗和他的叔叔汉斯在指定的地方等着我们。保罗围着一条他父亲的方格呢子围巾，看上去和往常有些不一样。他和克拉丽莎手拉手走到汉斯叔叔那里。汉斯叔叔已经很胖了，他穿着厚外套就显得更胖了。他腋下夹着一只黑色手提箱。保罗说手提箱里是长笛，当叔叔使用的时候就要把它组装起来。克拉丽莎几乎一直在路上跑着，斗篷也被风吹得飘起来。所以，这样我才能看到周围的一切。克拉丽莎和保罗光顾着走并没有说话，因为他们必须走快点，才能跟上汉斯叔叔的步伐。很明显，时间有点晚了，汉斯叔叔担心如果乐队的其他成员都进去了，他就很难把两个孩子带到现场。最后，我们来到了剧院前面的街道，那里停放着一排排的马车。剧院里灯火通明，人头攒动。

"天啊！"汉斯叔叔压低了声音说，"还有一个小时才开始呢。这里太热闹了吧！"

他让两个孩子紧紧拽着他的衣摆，跟着他走。当他来到一扇拥挤的侧门时，汉斯叔叔用德语和门前的这些人打招呼。那些人手里大都拿着一件沉重的乐器，我们费了好大劲才从一个背着低音提琴的人身边挤过去。最后，我们终于来到了一个比较开阔的开放空间。一个叫奥利的人负责这片区域。汉斯叔叔走到他面前，和他谈了一会儿。之后，他点了头，向克拉

丽莎和保罗招手，示意他们过去。

"别担心。我不会让你错过任何东西。"他向他们保证。

乐手们坐在各自的位置上。后来我才意识到那就是舞台。因为幕布还没有拉开，所以我看不到外面的场景。乐手们拿出乐器，边聊天边调音，还不时翻动乐谱。汉斯叔叔坐在离我们很远的地方，我看见他把他的长笛放在他的嘴唇上。保罗正忙着向克拉丽莎介绍这些乐手们，他们似乎都认识保罗。但由于声音嘈杂，我一个字也听不见。那天晚上，克拉丽莎满心欢喜。我只记得她曾经说过"我不应该在这里"，但后来她安慰自己说："我没有像露丝那样跟父母央求来演唱会。所以，我不是一个不听话的孩子。"

保罗告诉她，当幕布打开时，会有很多灯亮起来。事实上，我们看到周围奇妙的东西，情绪已经高涨起来了，所以根本顾不上思考其他的问题。我们周围都是人。然而，奥利是一个信守诺言的人。他总是站在我们旁边，不会让别人挤到我们前面。

"这是一个盛况空前的夜晚，"他对我们说，"自从剧院建成以来，从来没有来过这么多人——除了林德曾经在这开演唱会的那次。帕蒂才19岁，她的名声一定会超过林德的。"

演唱会终于开始了。奥利拉了几根绳子，幕布慢慢地向两边分开。接着，装备精良的乐队出现在观众的眼前。灯光闪烁着耀眼的光芒，枝形吊灯下的水晶球折射出彩虹一样的光芒，映得台下那密密麻麻的脸像六月份草地上盛开的雏菊。

整个剧院上下层都坐满了人。大家说话的声音都很大，吵嚷一刻也不停。克拉丽莎感到很热，禁不住抱怨起来。奥利帮她脱掉她的斗篷，接着帮保罗摘下围巾，把斗篷和围巾放在高凳子上。然后他把克拉丽莎抱到凳子上。克拉丽莎坐在凳子上紧紧地抱着我，我们这样就能看清楚这里的一切。乐手们坐在各自的位置上开始演奏，很快，大厅里响起了动人的音乐声。

虽然我对音乐知之甚少，也没有在音乐圈里待过，但我不会忘记那个晚上，不会忘记那个穿着昂贵衣服的瘦小女孩唱出来的美妙歌声。在她化妆后，她被几个人领着走出了化妆室，但人们一看到她就把她围了起来，源源不断的人涌上来，让她寸步难行。然后，一个戴着金链，拿着金手杖的强壮男人用力推开人群，她才走过去，站在了舞台上。那个强壮的男人护送她到乐手中间的平台上。观众一看见她，就兴奋地叫起来，还不时地拍手、跺脚。当时，乐手们在演奏，但我几乎听不到音乐声，因为现场观众的嗓门盖过了演奏声。

以前，我总以为没有什么声音比瑞士的八音盒更动听。但在那场演唱会之后，我认为没有人能比帕蒂唱得更好了。她镇定自若，优雅得体地站在台上。有人向她的脚上扔了一朵玫瑰，她平静地弯下腰，把它捡了起来。然后她开始唱歌。

"啊，真是个天使。"在第一首歌曲的结尾，我们身后的一个德国女人哭着说。

然而，我不这么认为。我觉得她更像云雀或画眉。在一首歌里，她的确模仿了云雀的声音，唱得和云雀的叫声没有两样。当这首歌结束时，每个人都惊呆了。人们疯狂地喊她的名字，让她再唱一遍。有好几次，她都满足了观众的要求。但最后，乐手们被迫停了下来，因为观众们不断地往台上投掷鲜花，台上的鲜花多得都来不及捡了。此外，观众们激动地向她涌来，越来越近，有的都站到了舞台上，而她只能向他们鞠躬致谢并微笑。

不知怎的，克拉丽莎从凳子上下来了，当人群移动时她也被迫向前移动。当我们被推来推去的时候，克拉丽莎死死地抓着我，紧跟着保罗。在那一刻，克拉丽莎看起来好像变了一个人，她的眼睛闪闪发光，脸颊泛红，只有她的棕色头发如往常一样披在她的肩膀上。她的手发热，由于抓得我太紧，把我的白色三角形围巾都抓皱巴了。我们被人群挤着走，一直走到舞台，暴露在舞台明亮的灯光下。

我不知道我们是如何到达那里的，我惊讶地发现我们站在歌手旁边，演奏乐器的乐手们此刻就在我们身边。更令我惊讶的是，我发现小提琴的琴弦不是用鲸骨做成的，而是由很多上好的像玻璃一样光滑的毛发做的。

紧接着，我突然意识到：我们现在正站在演唱会的舞台上！

不是所有挤上台的人都能接近帕蒂，只有克拉丽莎和我来到了歌唱家的舞台区域。我想可能是一位乐手把她抱到了歌唱家帕蒂的身边。奇怪的是，我并不害怕，只是有些激动，并对接下来发生的事情感到好奇。人群爆发出热烈的掌声和欢呼声。现在，我终于可以近距离观察阿德里娜·帕蒂了，我发现她和照片里的样子完全一样。她美丽的黑发用漂亮的缎带装饰着，并在头顶上交叉盘了起来，这是一种仿古的造型。她的眼睛像雨后的黑莓一样清澈明亮。她的嘴巴很小，那么多首动听的歌却是从那里唱出来的。她对克拉丽莎笑了笑，然后友好地向她伸出了一只手。当时克拉丽莎抓着我的手离帕蒂更近，她太激动了，一时没想到把我换到另一只手上。也有可能是她发现她的腰带歪了，不知如何是好。但是，她之后还是把我换到了另一只手里，把她的手伸给了帕蒂。观众的欢呼声更热烈了，越来越多的鲜花被扔到了舞台上，像下了一场花雨。

然后，我的头脑一片混乱，不知道发生了什么。对帕蒂来说，每移动一步都是非常困难的。人们疯狂地紧紧追着她，渴望一睹她的芳容，甚至想要扯下她的衣服的一块碎片作为纪念。此种境况下，克拉丽莎这样的女孩子和我一点也不适合待在这里，我曾经怀疑我们是否出得去。因为我们几乎像迷失在茂密的丛林里，周围的缎子、丝绸和衬裙把我们围得密不透风。克拉丽莎和保罗也被挤散了。我觉得克拉丽莎快喘不上气了，因为我听见她呼吸困难，大声费力地喊着汉斯叔叔和奥利的名字。我真担心我从她的手中掉下来，成为周围人群脚下的牺牲品。我们痛苦不堪地度过了十来分钟，奥利才来到我们身边。他想办法把我们带到了一个相对安全的地方，克拉丽莎终于能大口呼吸了。

"这里的人都疯了，孩子们赶紧走吧。"奥利边说边把我们拉到侧门。这时，人们听说帕蒂要上车离开了，就又追了出去。

在侧门口，汉斯叔叔和保罗正等着我们，克拉丽莎的披肩、斗篷和保罗的围巾都丢了，也没办法找回来了。汉斯叔叔怕她着凉，用一条大的羊

毛围巾裹着她，我们就一起开始往家走了。

"哦，"我们走到拐角处时，汉斯叔叔说，"你们以后怕是很难忘记这场演唱会吧，这可是很多人梦寐以求的呢。"

那个时候克拉丽莎又冷又累，她冻得浑身发抖，跟汉斯叔叔道谢后就回家去了。当她准备从侧门回到她的房间时，她听到她的父母在客厅里说他们要出门找她。

"噢，亲爱的妈妈，"克拉丽莎说，"如果您知道我和西蒂今晚去哪里了，肯定不会让我们进门了。"

说完她就哭了起来。外面太冷了，她冻得上下排牙齿直打战，说话也结结巴巴的。然而，她的父母似乎知道她去了演唱会。很明显，我们今晚给他们留下了深刻的印象，最让他们惊讶的是，他们看到自己的女儿站在舞台上，和伟大的歌手站在一起。第二天，当地报纸报道了这场盛况空前的演唱会，上面提到的克拉丽莎是一位"贵格派女孩"。她的妈妈还把报纸上的有关文字念给邻居们听。

"要是我看到克拉丽莎处在这群疯狂的人中，我就没心思听歌手唱歌了。"普莱斯太太说，"之后我看到她和歌手站在舞台中央，我和她爸爸不知道有多担心。她爸爸当时想挤过去把她拉下来，可是根本就过不去。"

邻居是个粗野的寡妇，街上的孩子没有一个喜欢她。"要是我的孩子，我会让她受点教训，让她好好记住这一夜，当然，我不是说她听帕蒂唱歌这件事。"她听了普莱斯太太的话后说。

普莱斯太太和我知道她话中的意思。不过，考虑到克拉丽莎受到惊吓，普莱斯太太并没有责怪她。只是让克拉丽莎躺在床上休息了好几天，怕她感冒。在此期间，普莱斯太太还修补了克拉丽莎的裙子和露丝的腰带。至于克拉丽莎的那件棕色斗篷算是丢了，因为汉斯叔叔和奥利把整个剧院都搜了一遍，也没找到。

第十一章

我照相了，还见到了诗人

后来发生了两件事，我印象很深。第一件是克拉丽莎的祖父带她去照相馆拍了一张银版照片。这是一种那个时代非常受欢迎的摄影技术，直到现在我也很怀念。照相时在相机下放置一个小玻璃盘，然后涂上颜色，再放入一个带有红色天鹅绒和金色花纹边的黑色小盒子里。

露丝的银版照片还是在她过 18 岁生日的时候拍的，如果没有祖父关心此事，克拉丽莎也将不得不等到 18 岁生日时才有机会去拍。由于克拉丽莎长得很像她祖父的一个妹妹，所以祖父比较偏爱她。而且祖父的妹妹也叫克拉丽莎，只不过几年前就去世了。每当周日我们去祖父家聚餐时，他经常给我们看他妹妹年轻时的肖像画。他希望克拉丽莎也能去拍一张那个年龄的照片。

后来有一天，克拉丽莎打扮得漂漂亮亮地去了银版照相馆。克拉丽莎的祖父是个绅士，他说话时很和蔼，总有聊不完的话题，一路上他都热情地向熟人打招呼说个没完，我真担心这么走下去，走到太阳下山也到不了照相馆。还好，我们终于到达了那里。我们在那里看了一个接一个的黑色小盒子，摄影师说这些姿势的相片他都能拍出来。

拍这种相片需要人长时间地坐在相机面前一动不动。还好克拉丽莎是

个安静的孩子，她可以老老实实地坐在那，甚至连眼睛都没有眨一下。对我来说，就更不是问题了。我们坐在一张桌子后面，克拉丽莎一手拿着我，一手撑在桌子上。桌布是红色的，在桌布的映衬下我更漂亮了。就这样，摄影师给我们拍下了照片。过了几天，克拉丽莎的祖父又带我们去了一趟照相馆。摄影师想在上色前再仔细看看克拉丽莎，因为克拉丽莎的祖父曾多次强调不能把克拉丽莎的头发和眼睛的颜色弄错，而且不要把她的两边脸颊的颜色弄得太红。我非常想早点看到我的照片。

可最后看到照片的时候，我发现自己并没有被拍进去，那种心情你可以想象是怎样的！克拉丽莎也不高兴，她说她不想拍这样的照片。

"我要照片里有西蒂。"她重复了好几遍。

摄影师解释说拍这张照片的时候我还没进镜头，她的祖父也这么劝她，但都没用。话说回来，要是只看这张照片本身，效果是非常棒的，因为摄影师已经做得很逼真了，以至于下一张都很难超过它。最后，摄影师想出来一个办法。

"您的孙女如此不满意，我真的很抱歉，我想，要不单独给洋娃娃拍一张照片吧，您觉得呢？"摄影师谦卑地说。

克拉丽莎相当爽快地就同意了，这个想法也让我兴奋不已。幸亏我天生是一副快乐的表情，不然我可无法长时间地保持下去。摄影师非常有耐心，好像我是他的贵宾。遗憾的是，这次我没有穿上那套最漂亮的衣服。克拉丽莎在旁边帮我整理了一下裙子，又把我脖子上戴的珊瑚项链拉了出来。摄影师把一个插着玫瑰的花瓶和一些橘色的浆果摆在我身后。这些浆果的颜色和花楸树果实的颜色很像，用它们做我的摄影背景很是相衬。

"在后面背景的映衬下，娃娃更漂亮了。这个娃娃我该怎么称呼呢，小姐？"摄影师边说边调整焦距。

克拉丽莎马上就把我的名字告诉了他，她还跟摄影师讲了我是如何从沙发上的小洞里被救出来的，以及她还带着我去听了帕蒂演唱会的事。

"这个娃娃的经历很丰富呀,看起来还很有教养呢,"摄影师说,"这样的好娃娃,我得好好给她拍一张。"

说完,他的头钻进一块黑布里,往相机里放了一块玻璃。

"西蒂小姐,请你保持这个姿势,笑一笑。"黑布下面传来摄影师的声音。

我相信没有人比我更配合他了,当然,摄影师也称赞了我的出色表现。他对克拉丽莎和她的祖父说,我是来这里的顾客里最配合的一位。

"照片明天就可以做好,有时间过来拿照片。"当我们要走的时候,他说,"很荣幸为你们服务。"

第二天吃过晚饭,克拉丽莎的祖父带着照片回来了。从他高兴的样子,我就看得出他对这些照片很满意。一家人围坐在一起欣赏着我们的照片。他们说克拉丽莎的照片很逼真,我的照片也很不错。他们把装着我们照片的黑色小盒子打开又关上了很多次,我都有些担心被他们弄坏了。当我看到我的照片时,我真不敢相信自己的眼睛:我穿着一件浅黄色的印花裙子,里面的衬裤稍微露出来了一点。虽然是木头做的手和脚,但却很自然,还有我脸上的表情是那样的甜美,就像是老货郎刚雕刻出来时的那个晚上的样子。最让我欢喜的是,摄影师把花瓶里的花上成了粉红色,把浆果的颜色改成了橘色和绿色,还有我脖子上的珊瑚珠项链比实际还要美,亮晶晶的十分惹人爱。

后来,我很想知道这张照片去了哪里。亨特小姐要是碰到它,它肯定会成为她的收藏品。当我还不是古董的时候,人们就开始收集银版照片了,还把它们当成稀有的收藏品拿出来展览。当然,也能看见一些娃娃的照片,但它们通常是和主人在一幅照片里。我从来没听说过哪个娃娃能像我一样单独拍过一张呢。

另一件事是著名诗人惠蒂尔来到了普莱斯家。惠蒂尔先生是当时贵格派里最有名的诗人,他也是普莱斯家的朋友,我经常听他们说起他,他来这里是参加一个反对奴隶制的大集会,并在集会上朗诵诗歌。像其他的贵格派信徒一样，普莱斯家主张解放南方奴隶。我听见他们读《汤姆叔叔的小屋》这本书，里面的内容使我深受感动。当我听到汤姆被鞭打，伊莉莎被猎狗追着逃到冰面上时，忍不住伤心起来。这些故事也刺痛了克拉丽莎的幼小心灵。她的母亲怕这些故事影响到她的睡眠，万一做了噩梦，还得半夜去安抚她，因此没有让她继续听了。直到今天，我也不明白那次集会是怎么回事，只是听说很重要。之后，克拉丽莎的祖父还把这位有名的诗人介绍给了大家认识。

克拉丽莎的祖父想让她在诗人面前背诵一首诗人写的诗。我却认为如果诗人能听到其他人的作品，或许会更快乐。我听过很多诗，我觉得写一首诗真的很难，因为它必须用词精确和押韵。但我没有发言权。克拉丽莎被要求背诵一首叫作《致蜜蜂》的诗。这首诗有几处写得很不错，但对克拉丽莎这样的小女孩来说，情节太过于悲伤了。这首诗讲述的是一个男人回到农舍，发现他的情人已经死了，而女仆一边唱着挽歌一边往蜂箱上挂黑纱。然而，克拉丽莎已经烂熟于心了，在诗人到来之前，她已经能一字不错地背下来了。

克拉丽莎和我从二楼的窗户边上看见惠蒂尔先生从一辆马车里走下来。然后，诗人跟随她的祖父和父亲进了房间。光看外表，我们没觉得他像个诗人。为了对他的到来表示敬意，克拉丽莎给我穿了一件灰色的衣服。当露丝跑过来，叫我们下楼到客厅面见诗人时，我内心一阵紧张。惠蒂尔先生瘦瘦的，待人友善。我原以为他说话会跟写诗一样押韵，但我想错了。他很喜欢笑，藏在他灰白胡须下的嘴巴总是笑嘻嘻的。克拉丽莎恭敬地和他握了手，然后，开始背诵那首《致蜜蜂》，诗人很认真地听她背完，还对克拉丽莎表示了谢意。

"亲爱的孩子，你的嗓音很好听。"诗人说。

听他们谈话，我觉得自己是一个多余的人，当我这么想的时候，突然，惠蒂尔先生注意到了我。克拉丽莎马上把我放在诗人的腿上，又跑去拿我的照片。诗人很高兴看到我的贵格派装束。他饶有兴致地看着我，克拉丽莎还把我的经历告诉了他。

"西蒂这个名字很常见，但令人印象深刻。"他若有所思地说。

他说从未见过面容像我这般平和的人。要不是该吃晚饭了，他肯定还会多说一些。

他们不让克拉丽莎和我参加集会，但露丝和威廉可以去。我想惠蒂尔先生也会为我们感到遗憾。第二天，当他离开时，他给了克拉丽莎一张折好的纸。原来他在纸上写了一首小诗，而且写的是我！这首诗的标题是《致费城的贵格派娃娃》，它的开头是这样写的：

谨以这首小诗献给她——

虽然您娇小，安详，朴素，

您却如此卓尔不群。

我后悔没有记住整首诗。甚至普莱斯夫妇读完后也感觉这首诗很不一般。他们把这首诗和我的银版照片放在一起。可是后来，不知道这张纸跑哪里去了。它可能已经丢失了，因为我后来再没听人说起过，连《惠蒂尔诗歌全集》里也没有收录这首诗。

接下来的日子里，我的大脑很混乱，因为好多事情交织在一起，不知从何说起。我记不太清楚是从什么时候开始，人们总在谈论士兵、战争和一个叫亚伯拉罕·林肯的总统。说实话，我到现在也不明白总统是做什么的。我知道有一本叫作《汤姆叔叔的小屋》的书。里面有托西普、艾娃和追捕奴隶的猎犬。普莱斯一家越来越严肃，而且参加集会的次数也越来越多。贵格派信徒认为任何人都不应该随意杀人。此外，他们支持林肯先生的主张，即南部联盟无权独立。

有一天，我记得很清楚，克拉丽莎的祖父颤抖地拄着手杖，一脸阴沉地走进客厅。

"莎拉，要打仗了。"他对克拉丽莎的母亲说。我坐在窗台边上，听到克拉丽莎的祖父说过这话后，又让克拉丽莎的母亲朗读一则征兵启事。然后我看到两行眼泪顺着她的脸流了下来。

　　从那时起，这座城市的氛围就变了。虽然我所在的贵格派家里并没有男人参军，但我们仍然嗅到了战争的气息。许多时候，克拉丽莎和我坐在门口的台阶上，或者透过窗户往外看，总能看到穿着蓝色军装的人经过。士兵们拿着枪和背包，他们走路步调一致，速度很快，我们都惊呆了。有时保罗会过来和克拉丽莎并排坐在一起，边看边告诉她这些士兵都是从哪里来的，属于哪个军团。有一次他提到一个地方，让我心头一震。

　　"看，"他指着一面旗子上的字说，"这是缅因州的第12步兵团。他们走了很长的路才来到这里。"

　　这让我立马想起了位于波特兰和巴斯之间的普雷布尔家。我知道他们走了很远的路。露丝认识了很多附近队伍里的小伙子。她经常给这些小伙子中玩得比较好的几个写信和织袜子。有一个叫约翰·诺顿的小伙子，他的脸圆圆的，面带微笑。他还送给了露丝自己军装上的一个纽扣，并附上了他的一张小照片。我发现露丝非常喜欢这两件东西。此外，这一年来她变得沉默寡言了。后来我们听说露丝答应了诺顿，当他从战场回来的时候，就嫁给他。当女儿露丝不在场的时候，露丝的父母总会说起这件事，他们祈祷诺顿能平安归来，和露丝成为一家。

　　随着时间的流逝，我们每天都能从报纸上看到阵亡士兵的名字，还有各种关于营地、军队和战斗的消息。我发现克拉丽莎没以前那么在乎我了，不是因为她不喜欢我，而是因为她现在有很多家务要做，就像其他家庭成员一样。家里遣散了几个仆人，这样就会多出一些家务活要自己做。到了晚上的空闲时间，女人们还要坐在一起，从棉布上撕下来布条，给伤员准备好包伤口的绷带。这可不是一件轻松的活，干不了多长时间，手指就会变得僵硬和酸痛。我的小房子被放在壁炉上，我每天都坐在那里，看着她们忙来忙去，却只能那么呆呆地看着。我很想和她们一起工作，我觉得我的木手更适合撕布条，而且我还不会像克拉丽莎那样受伤。但没有人说让我帮忙。

家里的两个小男孩整天在院子里玩战争游戏，大人都没有空管他们。威尔说，如果他再大一岁，他就离家去参军。露丝的脸颊不再红润，她每天都要不停歇地撕布条和缠绷带，然后等着前线诺顿的来信。有一天，她收到一封信，信中说诺顿被子弹击中腿部，伤得很重。克拉丽莎把这个消息告诉了保罗和邻居的孩子们。

"也许当他回来的时候，他不得不用一条木腿走路了。"保罗说。

"也许他再也不会回来了，"克拉丽莎说，"露丝用一条丝带系好纽扣，把它挂在脖子上。有一天我看见她把他的照片放在她的枕头下。"

"她答应了嫁给他，她一定会嫁给他。"保罗说。

日子一天天过去，我只是一个旁观者，看着他们一家人整天忙碌。克拉丽莎说她已经12岁了，不能再拥有洋娃娃了，所以她扔掉了所有的洋娃娃，但留下了我。对我来说，时间已经毫无意义，客厅里的时钟的嘀嗒声，街上的军队的号角声都无法激起我内心的任何涟漪。

我告诉自己，当战争结束的时候，一切都会恢复。但我知道这只能是幻想。根据过去的经验，我知道即使有变化，也很难回去。

一天，诺顿来信说他的身体得到了改善，正在南方的医院接受治疗。"这儿有个小女孩，经常给我送花。她比克拉丽莎小一岁，"他在信中说，"她也有一个洋娃娃，但娃娃的头是布做的，因为娃娃原来的瓷头在战争中被打坏了。她喜欢听我讲克拉丽莎的洋娃娃的故事。今天，她给我带来了一株茉莉花，要我送给北方的娃娃。所以，我把花也一同寄了。"

这些花确实在信里，但已经被弄皱了。

"我不想让她给西蒂送花。"克拉丽莎不开心地说。

"孩子，要学会爱您的敌人，您想，那个孩子也是一片仁慈之心。他们在战争中遭受了很多苦难。"她母亲说。

露丝立即想把我打包送去给南方的小女孩，以感谢她照顾约翰。每个人都说要邮寄很困难，因为邮路不好走。我可不想掉进那个饱受战争摧残的地方。

第十二章

和樟脑球去纽约

　　战争就要结束时，我和樟脑球放在了一起。这是我第一次和樟脑球接触，但后来我又和它打了好几次交道。很难说清楚与樟脑球在一起的感觉，要说它的味道是什么样的，我认为它是乙醚，一种当时流行的时尚用品。当人们需要忍受痛苦时，他们就会去闻乙醚这个东西。当克拉丽莎被普莱斯太太送到一所只收贵格派的女子寄宿学校的时候，我就不得不和这些刺鼻的小白球待在一起了。很快，我就被熏昏过去了，所以之后我不知道我周围发生了什么事，也不知道我昏睡过去了多久。

　　现在我知道我已经睡了两年了。在这两年里，我一直躺在普莱斯家阁楼的箱子里，我先是被人搬下了阁楼，然后随同旧家具和杂物被送到了纽约的一个远房亲戚家。送货车运载了满满一车的东西。分拣员在整理东西时犯了一个错误，把我和一些大箱子送到了华盛顿广场的一所房子里。然后我又被安置在阁楼上。过了很长时间才有人打开装我的箱子。直到遇到米莉·平奇小姐，我才重见天日。她是一个裁缝，在凡·伦斯勒家为他们缝制衣服，在这里已经有两个星期了。那天，她为伊莎贝拉·凡·伦斯勒的一条裙子做裙边，到处翻找材料，才因此发现我的。

　　她把我带到楼下她的房间，把我藏在衣柜的顶部。我觉得我的处境没

有好转。但晚饭后，米莉小姐就改变了想法，她带我出去，给我量尺寸时，我就不这么认为了。

现在，当我写下文字的时候，我仍然可以清晰回忆起她那瘦瘦的脸。她的眼睛是蓝色的，但它们高度近视，看我时几乎把眼睛贴在我的身上；她嘴里含着一排大头针，看着让人起鸡皮疙瘩；她的手指又薄又黄，但我很快发现她的手做起活来十分灵巧。

"我想让他们看到我的手艺。"她对自己说，"小姐，你穿上我设计好的衣服，他们就知道我的缝纫技术有多好了。不太谦虚地说，我一点不比巴黎的大牌设计师差。你就等着瞧吧。"

说完，她抿紧嘴巴，那些大头针就在她嘴巴里，我真担心她会一口吞进肚子里。后来，我发现我完全不用担心这件事。她是个很有天赋的裁缝，非常擅长做针线活。她做活的时候用着一把很大的剪刀，这种大剪刀我以前从没有见到过。起初，她一拿起剪刀我就害怕被那两片巨大的刀刃剪成两半。但现在我还好好的，我还拥有了一身华丽的新衣服。如果我以前的主人看到过我，肯定认为我的衣服太奢侈了。

你们看，我就是米莉小姐设计成果的展示模特。用我的装束来证明她并不是一名资质平庸的裁缝，而是可以位于高级缝纫师之列。她挣的钱很少，根本买不起模特，我的到来，对她来说就是上天送她的礼物。她常常绞尽脑汁地为我设计衣服。在一天辛苦的工作之后，她还经常利用晚上的空闲时间给我打扮，我想知道她怎么会有那么多精力。她在我的衣服上打了些小褶皱，然后用针将它们缝起来，她每一针都缝得很仔细，针脚密密麻麻，但毫无瑕疵。她力求在每个细节上都做到完美无瑕。她总是在我们独处的晚上说些奇怪的话，一边做活一边念叨着。听得多了，我也就大概了解了这个房子的每个家庭成员。

"哼，"她轻蔑地说，"莉莉小姐非要把珍珠母纽扣用在她的紧身衣服上，还要镶三排穗带，她脑子是怎么想的。她还想下次在派对上穿一身塔夫绸做的衣服，以吸引更多的小伙子。哎，我真想告诉她，喜欢和合适是两码

子事，那样的衣服一点儿也不适合她。"

另一次，她边做衣服边愤恨地说："如果哈里少爷再敢藏起我的顶针，我就告诉他的妈妈，而且我还要告诉他妈妈是他弄碎了壁炉架上的那个牧羊女瓷器。"然后，她拿剪刀使劲剪了一下，又没好气地说道，"伊莎贝拉也难伺候，仗着自己眼睛大、头发卷，好像挺了不起似的。她还说她不喜欢穿那件衬裙，是因为裙边只缝了两道褶皱，而她想要三道的。爱臭美的小丫头！"

她越说越气，双颊也变得绯红。她嘴里含着的大头针也随着双唇抖动，她手里还拿着一把大剪刀，我在旁边看得胆战心惊，生怕她一不小心伤着自己。

不过，她确实是一个手艺精湛的裁缝！短短的两个星期，我就大变样了，我相信除了米莉小姐，没人能做到。客观地说，即便是毛毛虫化茧成蝴蝶，也没有我漂亮。我焕然一新，只保留了原来的内衣和珊瑚项链。米莉小姐一定是看中了我的内衣布料，所以才让我继续穿着。我文笔拙劣，难以精准地描绘出我这套盛装：带波纹的绸衣搭配打满了褶子的束腰裙，蓝色天鹅绒外套上缀满了只有针尖大小的花环，小巧的羽毛女帽，白色的兔绒皮手筒。真的是太美了！

"好了，"米莉小姐给我装扮好后将我转了过来，"我不夸张地说，你现在是最时髦的，从这里到第十四大道上，找不出一个美女比你时尚。"就这样，我成了一个华丽的时装模特。这也说明，我们中没有人能预测什么时候奇迹会发生在我们身上。但是，恕我直言，谁会向米莉小姐求助呢？第二天，她便将我放在她的梳妆台上。从镜子里我看见了美丽时尚的自己，还为此陶醉不已。我欣赏着自己这身新衣服，感觉自己是一个与众不同的人。尽管我在小谢恩和克拉丽莎家时听到过不少次不能迷恋衣装的忠告，但当我看到身边摊开的《戈迪女友》那本书，发现自己和里面的人物一样漂亮时，还是很开心的。

这时，门突然开了，但进来的不是米莉小姐，而是一个八九岁的小女孩。她睁着又大又亮的眼睛，脸蛋红红的，一头漂亮的栗色卷发，非常可爱。她穿着一件镶着深红色的荷叶边的格子绸衣，上面缀的是金色的小纽扣。她好奇地四处看了看，接着关上了房门，走到梳妆台边。她充满惊喜地看着我，然后把我拿在手上，仔仔细细地打量了一遍，带我下了楼，来到一个大厅里，那里有很多镶着金边的镜子。

就在这时，有一位穿着海豹皮外套，戴着驼毛帽子的女士走了进来。小女孩立马跑到她身边，把我举起来让她看。

"伊莎贝拉，你给我看的是什么？"那位女士接过小女孩手中的我，问道，"你怎么得到的？"

"从米莉小姐的房间里，"小女孩说，"米莉小姐这么大了，长得又不好看，不适合玩娃娃，她应该是我的娃娃！"

"跟你说了很多回，不要随便进仆人的房间！"女士严厉训斥小女孩道。

"我是在门口看到的。"伊莎贝拉解释说。她说得没错，但我知道不完全是这样。"看看她的衣服。它是用你的旧蓝丝绸做的。这件外套是莉莉姐的天鹅绒做的。"

"的确，"她母亲认真地看着我说，"原来米莉小姐还能设计出这么时尚的衣服。"

巧合的是，就在这时，米莉小姐正好过来叫伊莎贝拉去试穿衣服。她听到了她们的谈话，看到她们正拿着我。

"凡·伦斯勒太太，"米莉小姐严肃地说，"如果您能管管她，请让她不要乱动别人的东西，那是我的娃娃。"

米莉小姐的话惹怒了伊莎贝拉的母亲。可能是她本来逛了半天街，身体疲惫了，所以情绪不太好，才有些口不择言。后来，她说自己无意与米莉小姐发生口角，但当时没控制住情绪才说了很多有伤和气的话。伊莎贝拉还总在旁边插嘴，说我是她的。

经过多次询问后，米莉小姐才说出在哪里发现的我，还说自己是花了晚上的空闲时间给我缝制的这身衣服。

"妈妈，如果是这样的话，这个娃娃就是属于我们的！"伊莎贝拉理直气壮地说，"她是从我们家的阁楼上发现的，娃娃穿的衣服也是你和莉莉姐衣服的布料做成的。"

但是，米莉小姐的态度也很坚决。她表示了歉意，但坚持说我是属于她的。她说我是她的时装模特，要把我拿到展览会上展示，用来证明自己是个有天赋的裁缝。她们的争论越来越激烈，要不是伊莎贝拉的父亲过来了，否则真不知道要闹到什么时候。伊莎贝拉的爸爸是个典型的绅士，他身材高大，举止文雅。他耐心地听完双方的争辩后，给出了自己的意见。

"这个娃娃……"他刚开口。

"爸爸，请叫他西蒂。"伊莎贝拉赶紧说道。很明显，她看了我的内衣上绣的名字。

"哦，西蒂。"他继续说，"这个木头娃娃应该属于凡·伦斯勒家，因为是在阁楼的箱子里发现的，是我们家财产的一部分。但她身上穿的漂亮衣服属于米莉小姐，要是米莉小姐不把这些碎步做成娃娃衣服，那些碎布也就是没人要的垃圾。"说完，他很有礼貌地朝米莉小姐鞠了一躬。米莉小姐回以微笑。

"可是，爸爸，"伊莎贝拉不满地说，"如果没有衣服，娃娃还是娃娃吗？而如果没有娃娃，这些衣服又有什么用？"

"亲爱的，你说得没错，"她爸爸说，"我怎么没有想到呢？"他面向妻子说，"伊莎贝拉有当律师的才能。"

"哼，她哪是什么天分？"米莉小姐嗤之以鼻，"就是小姐脾气。"

这时，凡·伦斯勒太太也觉得自己刚刚说话欠妥。与此同时，米莉小姐因为凡·伦斯勒先生的文雅举止和得体语言，气也基本消了。大家坐在一起，心平气和地商量解决对策，最后终于达成了协议：凡·伦斯勒一家买下我送给伊莎贝拉。此外，伊莎贝拉的妈妈还决定向史蒂文森广场的时装缝纫协会推荐米莉小姐和她的作品，我也将有机会参加史蒂文森广场的时装展览会。听到这个消息，我兴奋不已。

虽然米莉小姐不喜欢伊莎贝拉小姐，觉得她缺点很多，但实际上，伊

莎贝拉小姐是个很讨人喜欢的孩子——她不仅长得漂亮，还活力四射。在华盛顿广场的那段日子，我在凡·伦斯勒家过得很愉快。伊莎贝拉的房间有很多的漂亮娃娃，但她最喜欢我。一开始她之所以这么偏爱我，是因为喜欢我这身衣裳，不过后来，她就喜欢上了我这个人。有一次，家里来了一位客人，看了我后说我也不怎么好看，伊莎贝拉却维护我说你也看上去不怎么样。

在家里，我很少看到伊莎贝拉的姐姐莉莉，她平时在离家好几条街的一所私立女子贵族学校上课，学习音乐、舞蹈和绘画。伊莎贝拉和比她大两岁的哥哥哈里在家里学习，他们的家庭教师是杰拉尔德先生。杰拉尔德先生是一位脸色苍白，不苟言笑的年轻人，喜欢研究拉丁文。因此他更喜欢看着哈里读《凯撒大帝》，而对教伊莎贝拉学习拼写和算术不那么上心，伊莎贝拉也就相对自由些。

伊莎贝拉是家里最小的孩子，又生得一副漂亮可爱的脸蛋，因此非常讨自己父亲的喜欢。伊莎贝拉的父亲经常带她出去散步，并且每天晚上都会给她读上一个小时的《少爷返乡》。像我以前的主人一样，她也很喜欢我娇小的身材，总是带着我出门，无论是跟着她妈妈去第十四大道购物，还是坐马车去史蒂文森广场或者第五大道做客，或者跟随哈里到位于华盛顿广场另一边的"皮特伊舞蹈学校"学习舞蹈，她都和我一起。

因为我之前只看过水手们跳的角笛舞和土著人跳的舞蹈，所以当我看到舞蹈教室里光亮的木地板和四方的钢琴，以及人们在音乐伴奏下跳的新式舞步时，禁不住激动起来。每周五伊莎贝拉母亲的女仆安妮送我们来"皮特伊舞蹈学校"跳舞，伊莎贝拉跳舞的时候就会把我交给安妮看管。有一次，安妮将我放在钢琴的盖子上。钢琴响起时，悠扬的琴声就像泉水一样从我身下汩汩地流淌出来，那种感觉真让人难忘。当我看到这里的孩子们跳起优美的华尔兹时，我下决心要学会这个舞蹈。当天晚上，所有人都睡着后，我便在儿童房里偷偷练习这个舞蹈。但是，学起来并没有我想象得那么容易，对我来说，还是有困难的。虽然我很想学会，但我的木头手脚动不起来。

我还记得他们下午跳舞时的配乐《玫瑰和木樨草》，可我天生迈不开步子。最后，我不得不接受我无法跳舞的现实。

那一年我又见到了一位名人，他比之前的诗人惠蒂尔先生还要有名。说来也巧，那是一个星期天的早晨，伊莎贝拉的父亲带着她出门。外面气温很低，伊莎贝拉的脸蛋都被冻得发红了。她出门时戴的帽子上插着一根红色羽毛，这根羽毛和她那头晃动的卷发很相称。那天，我的装扮也很时尚，不仅穿着漂亮衣服，还戴着凫绒皮手筒。凡·伦斯勒先生当时是去看望一个生病的朋友，还拎着冻小牛蹄和雪利酒。而就在从那位朋友家返回的路上，我们遇到了那位大名人。

我们刚要走到第五大道上的布雷武特酒店门口时，有几位先生从酒店里走了出来。这家酒店在当地名气很大，经常有贵宾出入。但当时我并没有在意，只是听见伊莎贝拉的父亲兴奋地说："看，那个穿大衣的人就是狄更斯。之前听说他要入住布雷武特酒店，但我竟没想起来。"

"真的是狄更斯先生吗，爸爸？"伊莎贝拉用满含敬意的声音问道，"是不是那位写了《少爷返乡》的狄更斯？"

"宝贝，就是他呀。我没看错，咱们上前看看去。"

伊莎贝拉一向是个文静的孩子，但这次她难掩内心的激动，一兴奋就松了手，我就这么被她丢在了地上，正好落在那位名人的脚边。我就这么出现在名人面前，感觉难堪极了。还好，狄更斯先生及时停下了脚步，并弯下腰来将我捡了起来，还微笑着向伊莎贝拉鞠了一躬，然后把我交给了伊莎贝拉。

"哦，爸爸，"看到狄更斯坐车离开后，伊莎贝拉说，"您应该看到了吧，他用右手捡的西蒂，就是他写书的那只手。"

"是的，"她爸爸说，"你以后可以把这个故事给你的后代们讲一讲。"

伊莎贝拉才等不及呢。接下来的几个月，她逢人就说这件事，并把我这个被狄更斯亲自用右手捡起来的娃娃展示给大家看。虽然我不想太骄傲，但我内心还是很得意：这世上能有几个娃娃享受过我这样的殊荣啊！

第十三章

遭遇不幸，又回到新英格兰

如果不是新年联欢会，我可能会一直待在凡·伦斯勒家，直到伊莎贝拉把我拿给她的子孙们看。在那个年代，新年比圣诞节更受到重视。在年前的好几个星期，纽约的人家就开始准备各种美味的食物了，比如坚果、曲奇饼干、蛋糕等。还能看到人们从地下室里拿出来很多各式各样的瓶子，然后往里面装上棕榈酒、蛋奶酒、混合果味饮料等，预备着新年的前夜到元旦期间享用。莉莉到了社交的年龄，大人们认为她可以在客厅接见客人了，但是哈里和伊莎贝拉还小，父母不让他们参与过多的新年筹备活动。不过，他们并不愿意，一刻也不闲着，一有机会就偷偷跑进厨房捣乱，厨师和女仆都拿他俩没办法。因此到了新年的前夜，为了保证聚会顺利进行，他们的父母不得不将他们关在楼上的儿童房里。当然，这两个孩子也觉得很委屈。

从上午十一点开始，门铃声和敲门声就没停过，参加新年聚会的客人陆陆续续地都来了。楼下的客厅热闹极了，说话声、欢笑声、碰杯声交杂在一起。外面的大街上到处都是拜年的人。为此，大人们不许伊莎贝拉外出，因为新年那一天街上很乱，不适合小女孩游玩。那一天街上会出现很多喝醉酒的男人，还有很多从贫民窟出来的无赖和一些小混混。我们在家里都

能听到他们哼着粗俗不堪的歌曲。这些人还穿着从垃圾桶或者破布袋里捡来的奇怪衣服。

伊莎贝拉只能一个人无趣地在儿童房里活动，因为哈里只顾玩自己的木工箱，也不和她玩。仆人们忙得晕头转向，也没空哄她玩。她也不能去客厅，因为她的父母不允许她去参加那些活动。于是，她只好扶着楼梯栏杆，数客人们放在家具上的那些帽子和手杖，最后她数得头晕眼花。

"不管什么新年不新年的，"最后她说，"我就是要出去。顺便去拜访一下詹金斯先生。"

詹金斯先生是她父亲的一个朋友，也就是我们上回去探病送冻小牛蹄和雪利酒的那位。他独自一人住在一所棕色的大石头房子里。他非常喜欢伊莎贝拉。伊莎贝拉打定主意后，带着我偷偷离开儿童房，来到楼下。她起先怕人看见，就躲在客厅门口的门帘后面，等客厅没人了，才跑出门去。我清楚她不该这么做，但也没办法阻止她。夕阳西下，透过华盛顿广场的树梢依稀可见落日的余晖。伊莎贝拉没有走以前那条近路，而是特意绕远了，我猜她可能是怕见到熟人，如果被人认出，她就得乖乖回家了。就这样，我们往西走上了第六大道。

街上的店铺都关门了，只剩下一两家药店还开着。药店里红红绿绿的药罐折射出五颜六色的光芒。街上比平时冷清许多，偶尔能看到一辆四轮马车经过。詹金斯先生住在远离商业区的地方，凡·伦斯勒先生曾开玩笑说他住在"荒僻的第二十三街"。不知道怎么回事，我们感觉那天去詹金斯先生家走了好远的路，比平时走的路多多了。我想，在没到达第十六街之前，要是让伊莎贝拉回家，她保准不同意。因为她性子很倔，说干什么就干什么。看来，我们只能继续往前走了。街上寒风呼啸，雪花纷纷扬扬。突然，一帮小无赖不知道从哪里冲了出来，他们衣着破烂，脸蛋都黑黑的，头上还戴着破帽子。他们很可能在小巷子里等了很久，目的就是戏弄独自出门的有钱人家的孩子。这帮小无赖身高不等，举止粗鲁，手里挥舞着旧雨伞和木棍，还大声喊着要钱。要是伊莎贝拉出门带了钱，肯定会给他们的。

那样的话，我们就能安全地离开了。

可是，伊莎贝拉出门时没想着带钱，现在是身无分文。那帮小无赖见捞不到好处，就都猛冲过来。

"看她靴子上的流苏，"他们的小头领发出命令，"把它给我扯下来。"

真不明白他们要流苏有什么用，但他们真就冲上来扯了。伊莎贝拉拼命反抗，她跺着脚，一只手紧紧抓着我，一只手打他们，但根本不管用。

"都给我滚开！"她喊道，"不然，我让我爸爸把你们通通关进监狱！"

"哈哈，"那个小头领轻蔑地说，"我爸爸还会把你扔进第四十二街的水池子里呢。到时候你就等死吧。是不是啊，伙计们？来啊，咱们把她拉过去。"

"看谁敢来碰我！"伊莎贝拉气愤地叫道，眼泪都快流下来了，"谁动我，我就咬死他、抓死他。"

能看得出，伊莎贝拉明白这种情况下没人能帮助她，她只能自己保护自己。伊莎贝拉是个胆大的女孩，我想找不出几个小女孩能像她那样有勇气，敢和这帮小无赖拼命。只可惜，她势单力薄，而对手又那么多。最后，他们抢走了她的松鼠毛披肩，弄坏了她的鸵鸟毛饰品。其中一个小无赖还从她手里抢走了我。然后，我听见远处传来一声口哨。

"快跑啊！"那个小头领大声叫道。瞬间，那帮小无赖就跑没影了。

我最后瞥见伊莎贝拉站在小巷子的入口处，她在向警察和一些路人寻求帮助。雪花盘旋，落在她红红的脸蛋上，她的头发乱糟糟的，插着红色羽毛的帽子被撕成了碎片扔在了地上，外套的一只袖子也被撕了下来。从那之后，我再也没见过哪个小女孩像她这样美丽而勇敢。

这个新年让我感觉不到一丝美好。要是米莉小姐看见她缝制的漂亮的衣服被那帮小无赖糟蹋成这样，肯定会伤心地流泪的。我和伊莎贝拉的披肩成了这帮小无赖的战利品，披肩被小头领要走了，而我，则成了没人要的垃圾，他们竟然还商量着把我当成火把给烧了。

然而，很快又来了一群孩子，邀请他们一起去抢一家面包店，所以，他们也就顾不上我了。但他们的计划没有成功，因为很快就听见警察吹哨了。他们听说来了很多的警察，就吓得四处乱跑，一转眼就不见了。一个肮脏的男孩把我的头朝下塞进了他的裤子口袋里，我的衣服不仅被塞得皱巴巴的，内衣的花边还挂在了他的纽扣上。后来，另一个男孩一把将我夺去，把我绑在了他手里的一根棍子的顶端，还高举着我走在最前头。棍子无情地戳穿了我的内衣，雪越下越大，我感觉身上脏脏的，而且浑身都湿透了。就这样，他们举着我走过一条条街，我也目睹他们干了一路的坏事：偷人家的门牌与垃圾箱，从开着的窗户里面扔石头，攻击路人，破坏底层房屋的大门……最后，他们饥饿难耐，便回各自的家了。事实上，他们称之为家，只不过是一个狭小简陋的出租房，里面拥挤不堪。

我担心他们将我扔进排水沟里，让马蹄蹂躏。就在这时，我听见一个男孩不好意思地说想要我。

"我想拿给家里人玩。"他解释道。

他的话引起了一阵轻蔑的笑声。尽管如此，那个举着高高棍子的男孩还是把我给了他。

就这样，我来到了另一个家庭。不过，这家和普莱斯家截然不同。这是个来自于爱尔兰的马车夫家庭，房子很简陋。当时，他们正围坐在一张破桌子上吃年夜饭。桌子上甚至都没有桌布，而且他们所用的餐具也非常粗糙，有的还有豁口。大约有十多个个头不一的孩子坐在桌前，吵着要喝汤，而一个面色红润的胖女人正把汤从炉子上的罐子里舀出来。男孩一把我带到他们眼前，这些孩子都不再嚷着要喝汤了，又争着来要我。

带我回来的那个男孩名叫蒂姆·杜利，他要把我送给他的小表妹凯蒂，而凯蒂正和妈妈在蒂姆家过新年呢。杜利家那帮孩子实在太闹腾了，想到以后会离开他们，我别提多高兴了。看着他们那顽皮的样子，我怀疑过了今晚这个家里所有的锅碗瓢勺剩下不了几个完好的。而凯蒂很文静，只是身体有些虚弱。蒂姆很喜欢她，当时她才9岁，而蒂姆快14岁了。她还很漂亮，有一双蓝色的大眼睛，一头乌黑柔顺的秀发，整个人显得有些忧郁。

那时候，小人书里的好孩子都是这副表情。

我穿着破破烂烂的衣服，但没人愿意给我缝补。看着眼前孩子们的穿着也比我好不到哪里去，我就没什么奢望了。不过，凯蒂很喜欢我，这让我感到了温暖和安全，因此也没什么可抱怨的了。虽然我为衣服被毁而心痛不已，但我还是一切向前看，我安慰自己说：人生之路不可能一帆风顺，多往好处想就是了。

我在这里有过一次很棒的经历，那就是乘坐了新式蒸汽火车。要是没有离开普莱斯家，这样的机会恐怕与我无缘了。年后，凯蒂和她妈妈要返回位于罗德岛的家，一大早，她们就带着我坐上了火车，路程很远，火车开了一天，直到深夜才到达。在站台等车时，刚看到这些冒着烟的家伙呜呜叫着冲向站台时，可把我吓坏了。可当我们上车，找到车厢坐下后，我就被窗外的景色吸引了。我想到了早年乘坐马车的时代，感叹世事变化得可真快。火车行驶的速度比沙漏还要快，窗外的田野、奶牛、房子和城镇飞速掠过，让我激动不已。凯蒂的妈妈似乎与我有着同样的感受，我听见她跟过道那边的一位女士聊起了蒸汽火车的种种好处。

"是的，"她摇着头一本正经地说，"人类的发明真了不起。我希望我的宝贝凯蒂能活到人类飞上天的那一天。"

"是啊，"那位女士说，"现在是蒸汽机运转的时代。"

火车到达的那天晚上，我们在普罗维登斯的一户人家里借住。第二天一大早，我们又乘坐马车去了普塔基特。凯蒂的家就在那里，她和她的寡母以及一大家子亲戚都住在那里。白天，凯蒂的叔叔婶婶、兄弟姐妹们在当地的一家纱厂工作，凯蒂的妈妈负责料理家务。这所房子并不大，却要容纳这么多人，未免显得拥挤。不过，早上七点纱厂就开工了，他们一大早就会离开家，一直到晚餐时间才回来。有一些叔叔还会加夜班，所以除了星期天，平时我基本见不到他们。凯蒂的身体不好，上不了学，也不能和附近的孩子玩耍，她一般都待在厨房里，帮助妈妈照看炉火上的水壶、锅等炊具。水一烧开，她就立马通知妈妈。这样她妈妈可以有多余的时间

处理其他家务。我就这么陪着她，日子过得很平淡；但对凯蒂来说，我的陪伴给了她巨大的精神安慰。一想到这一点，我就感到很欣慰。

之前，我很少来厨房这种地方。现在，我几乎整天待在这里，于是对厨房里的那些瓶瓶罐罐也熟识了。我还对生姜、桂皮、香橼等各种调味品产生了兴趣，它们还勾起了我对身处孤岛那段日子的回忆。有一天，凯蒂的妈妈让她去把一些肉豆蔻碾碎，我联想起了孤岛上小庙周围的猴子，特别是那只给了我一粒肉豆蔻的小猴子。平时，我经常坐在火炉旁边的架子上，看着水烧开后黑黑的旧水壶里不断地冒出一团团的白气。有一次，我还差点儿掉进正在炸面圈的油锅里。

有一天，天气特别暖和。凯蒂就在门口的台阶那玩了一会儿，结果着凉了，得了很严重的感冒。她妈妈喂她吃了药，让她在床上好好休息，还把红色的法兰绒毯子盖在她身上，但依旧没有什么效果。后来，她的一位婶婶给她请来了一位医生。医生说她的体质太差了，必须马上送到一个乡村的儿童疗养院去疗养。凯蒂的妈妈听说要把孩子送走，就泪如雨下，她一点儿也舍不得凯蒂，可她的亲戚都劝她听医生的话。过了几个星期，凯蒂的身体没那么虚弱了。她妈妈就给她打包好了出行要用的东西，并送我和凯蒂上了火车。照顾我们的列车员很和气，一路上对我们非常关心。这次出行路途并不远，火车开了没多久我们就到站了。那是一个乡村小站，一个驾着轻便马车的男人在那里接我们，我们到时，他已经等了好一会儿了。

这个接我们的男人名叫阿莫斯，是农场的一名雇工。凯蒂将在这个农场度过整个夏天，等身体完全康复后再回家。当时是七月份，道路两边长满了黄色的雏菊和黑眼苏珊斯花。自从当年离开缅因州后，我就再也没看见过这些花。再一次见到它们，倒让我想起了普雷布尔家的人，要是能再见到他们该多好啊。

我们坐在阿莫斯驾驶的马车上，一路上他都在给我们介绍经过的每个农场的情况，他会谈起每个农场的主人，还有他们都养了多少牲口。但是凯蒂一点儿也不感兴趣，当她问起每家有几个孩子时，阿莫斯却答不上来。

最后，我们终于来到了一所白色农舍的后门，一个胖胖的女人从后门出来热情地迎接我们。她是布拉克特夫人，负责照看我们。我以前还没有见过像她那样胖的人，当她把围裙围上时，围裙带都能勒进腰间的那坨肉里。她自己有三个孩子，同时她还照看着来这里疗养的另外三个孩子。她很善于和孩子相处，所以每当夜里凯蒂想念自己的亲人而伤心落泪时，她都有办法安慰凯蒂，让她平静地入睡。布拉克特夫人对我赞誉有加，她说我的身材的大小正好方便携带，并且我总是笑眯眯的，看上去很友好，能给身边人更多的体贴和安慰。她希望孩子们也能这样。

在这里的第一个星期凯蒂把我关在她的房间里，因此我基本就没有见过其他的孩子。一天下午，凯蒂说要带着我坐车去拉干草。阿莫斯说过要带所有的孩子去。于是，六个孩子和我都坐上了阿莫斯驾驶的农用车去牧场拉草。

来到牧场，孩子们都坐在一棵大树下，布拉克特先生和阿莫斯忙着把干草叉进车里，等到车里的干草堆得快有谷仓门高了，他们才停下来。然后，他们把孩子们一个个送上车，让他们坐在垒好的草堆上。我们坐在高高的草堆上，视野可真开阔，放眼望去，连绵不绝的小山、草地、树林、田野尽收眼底，景色美极了。马车行进的时候也非常刺激，我们随着车轮的转动左右摇摆。当路过枫树和榆树时，我们把头压得低低的，以防树枝刮到脸蛋。一路上，孩子们欢声笑语不断。凯蒂和其他几个孩子还不太熟，她把我抱在她的膝头，独自安静地坐在一边，出神地看着远方的河流和布拉克特家的农场，脑子里似乎想着别的事。突然，威利·布拉克特大叫着跳了起来。

"哎呀，"他叫道，"我坐在老鼠窝上了，看，就在我屁股下面的草堆里！"

他对老鼠并不畏惧，但车上的三个女孩子一听说老鼠就吓得不行。她们几个边叫边往四周爬。万幸的是，没有一个孩子从装满干草的车上掉下去。在这种情况下，阿莫斯不得不把车停下来，爬上来安慰受到惊吓的孩子。我看他用干草叉往草堆里扎了又扎，总算找到了那窝老鼠，并将一窝

粉红色的小老鼠们全扔到了车下的田地里。他才不管小老鼠是否会受伤呢。他又安慰车上的女孩子们，老鼠没什么可怕，要是再看到，他会立马处理。凯蒂的胆子小，老鼠把她吓得手都发抖，结果，她一松手把我扔到了草堆上，不幸的是，在这阵慌乱中，我被他们踩进了草堆深处。等回到干草仓，孩子们都从车上下来后，大家才发现我丢了。

"不用担心，"阿莫斯用安慰的口气对凯蒂说，"我把干草铲进草料棚里时，会帮你找到娃娃的。"

我当然很希望他能找到我，但我又害怕他用尖尖的干草叉叉到我。不过，我的个头实在太小了，阿莫斯叉草时就没看到我，把我混在一捆干草里抛到了草料棚里。

后来，他又让凯蒂和一些男孩子们去草料棚里找找我。遗憾的是，我虽然感觉到他们在身边，而且有几次他们的手就快碰到我了，但还是错过了。

"要我看啊，这个娃娃在和我们玩捉迷藏呢。"阿莫斯说这话的时候，我正被他踩在脚底下，如果我能开口说话就好了。

第二天，草料棚又增添了很多干草。我意识到，大家决定停止找我了。如果娃娃不待在孩子的身边，是很容易被主人遗忘的。等凯蒂身体康复，又有了更多的玩伴时，我相信她就不再需要我了。

事实上，在草料棚里待着也不是很糟糕。这些干草仿佛是一张柔软的床铺，尤其是在寒冷的冬季，这里既温暖又舒适。草料棚里的干草越堆越多，好几个季节的干草压在我身上，渐渐地，我被挤到了一个角落。在那里，叉子是不会碰到我的。接下来的日子里，我有充足的时间回忆往事。在这里，田鼠和燕子成了我的朋友，我们的关系很好，田鼠和我的关系更近一些。我看见田鼠生了好几代宝宝，看着它们一点点长大。寒冷的冬天里有它们陪伴，我觉得既温暖又开心。没有哪个地方的草料棚是干净的，在这待的时间长了，我也显得邋里邋遢的。有时候，田鼠会很同情我，当给自己的宝宝洗脸时，也会顺便给我洗一洗。

第十四章

从草料棚里出来

　　最后，另外一个雇工，不是阿莫斯，用干草叉把我从草料棚里叉到了牛棚里。我本以为自己要过上糟糕的日子。但是，幸好一个男孩及时发现了我，不然真可能被牛吃了。男孩把我带到了厨房里。我看见一位年轻的主妇在厨房里忙活，她正在给借住在这里的两位画家做早餐。其中一位画家只画奶牛、房屋、山水之类的东西，他称这类画为"风景画"；另一位画家专门画人，他称这类画为"肖像画"。画"肖像画"的画家名叫法利，我一出现在他的眼前，他就两眼放光，似乎对我很感兴趣。他掏出硬币，立马从男孩手里买下了我。然后，我被他安置在一张桌子上，就在他的朋友和一盘鸡蛋中间。从那天后，他还经常对别人说，我是他的吉祥物。

　　他的朋友和那位年轻的农妇对我并不感兴趣。年轻的农妇说，我看上去没什么可稀罕的，就像农田里的稻草人一样普通。而法利说，那名农妇没有眼光，根本就不懂我的价值。听到法利先生如此认可我，我心里高兴极了。第二天，我被法利先生装进一个帆布袋里，他是要带着我出去采风。尽管我的衣服破烂不堪，珊瑚项链也不知所踪，但我的精神很好。法利先生为住在附近的一些人画肖像。后来，他把我

拿了出来，给其中的一位来画肖像的年轻小姐看。那位年轻小姐看我穿得破破烂烂的，决定给我做一身新衣服。

但是，那位小姐不擅长做针线活，她的特长是骑马和跳舞。她把我的破外套和内衣都扯了下来，然后给我换上了一件很普通的衣服。她给法利先生看那件绣有我名字的内衣。虽然字母的颜色褪得很厉害，但他们还是认出来了。法利先生说，他知道了我的名字，也更喜欢我了。他说，我应该一直把这件绣了名字的内衣穿在身上。

我的新衣服上唯一值得说道的就是腰带后面有个白棕相间的瓷纽扣。法利先生对我的穿戴不怎么在乎。他拿着一块蘸了松节油的画布给我擦脸上的灰尘，还说要给我画一张画。

接下来，法利先生要为一位小女孩画肖像。他让小女孩拿着我，一边观察她来作画，一边给她讲有关我躲在草料棚里的故事。小女孩很爱听这个故事，坐在那一动不动地专心听着，而法利先生就希望小女孩这么做。最后，他把我们两个的画像画得很好。

就这样，我开始了模特生涯。

从那以后，只要给小女孩画肖像，法利先生都让她们拿着我。法利先生带着我到处旅行，走到哪里就在哪里作画，在好多肖像画里都有我的身影，慢慢地，我也算是有些名气了。你们中就可能有人曾在某些人物肖像中见过我。

有一次，我偶然从镜子中看到了自己的模样，结果吃了一惊。虽然只是快速看了一眼，但我没想到这些年在大海上、小岛上、陆地上和干草仓里的经历，对我的容颜产生了那么大的影响。当年老货郎给我涂的亮粉色脸蛋已经消失殆尽了。如今，我的蓝眼睛也没以前明亮了，而身上花楸木的纹理也显现出来了。想到自己没有以前那么光彩，我就忍不住伤心。就在我苦恼不已时，听见法利先生对别人说，我比瓷娃娃好多了，因为我身上不反光。听到这番话，我对法利先生充满了感激。

　　我跟随法利先生生活了多年，四处奔波。让我不解的是，虽然我们去过纽约和费城多次，但从未听到过我以前任何一位主人的消息。后来，我们坐着明轮推动的大船南下。我过去只坐过捕鲸船和小帆船，当看到轮船的推动器把密西西比河棕色的河水搅出白色的浪花时，我感到太稀奇了。遗憾的是，法利先生不是一个小孩子。他总将我放进箱子里，和骆驼毛刷和颜料待在一起。只有等到他作画的时候才会把我们拿出来。因此，在去新奥尔良的路上，我错过了沿途不少的美景。

　　我们抵达新奥尔良时，那里将要举办狂欢节。旅馆里都住满了人，法利先生为寻找一个住处花了很多时间。那个时候，全城都在忙着准备宴会、游行、舞会等节日活动，根本没工夫关心别的事情。最后，终于遇到了两位好心的老太太，她们愿意腾出一间房给我们住。她们住在法语区，房子看起来很古老。门前有个院子，院子里面有很多绿色植物；楼上伸出一个四周围着铁栏杆的阳台，阳台下是一条鹅卵石街道。房子里面住着她们两个老太太，即安妮特小姐和霍斯顿小姐，和一个比她们还要年长的黑人女仆。

　　霍斯顿小姐是安妮特小姐的姐姐，长相也出众些。安妮特小姐对法利先生说，她姐姐年轻时可是个大美人。的确如此，霍斯顿小姐那双眼睛虽然失去了昔日的光彩，但依旧又黑又大。姐妹两个年轻的时候应该都很漂亮。客厅里的墙上挂着一幅她们年轻时的肖像画，当时霍斯顿小姐20岁，安妮特小姐18岁。我很难相信，画中美丽动人的两位小姐竟是眼前这两位衣衫破旧、满脸皱纹的老太太。画像中，霍斯顿小姐穿着织锦的华贵衣服，一头亮丽的黑发垂在耳后，手里正弹着吉他；安妮特小姐穿着一身蓝色的衣服，披着一头时髦的棕色卷发，手里拿着一枝玫瑰，靠在姐姐身边。有时我想，她们看到自己年轻时漂亮的容颜也会有所感慨吧。有一次，我看到霍斯顿小姐在画像面前站了很长时间，她全神贯注地看着她和妹妹的画像，嘴边流露出一种怪怪的表情。还有一次，我看见安妮特小姐也以同样的表情看着镜中

的自己。她们从来也不和别人说她们在想什么，但我似乎能猜到她们的心思。

那一年的复活节来得有些晚，所以等到四月狂欢的时候天气已经很暖和了。法利先生很有兴致地到街上观看游行。两位老太太的身子虚弱，已经不能在拥挤的人群中穿梭了。她们只能坐在自家的阳台上，听着街上传来的音乐，相互攀谈着。阳台边上的一扇门通向法利先生的房间，因此我能看见她们，听见她们的对话。

有时候，法利先生会带着我出门。由于在家里待的时间太久了，一看到街上的繁荣景象，我就无比激动。街上总能看见很多黑人，一些黑人女性裹着鲜亮的印花棉布头巾，还有一些黑人女性头上顶着篮子，但她们步履轻盈，仿佛篮子里没有装东西一样。不分男女老少，他们都用一种轻柔低沉的声音叫卖自己的商品。他们说的大多是法语，我听不懂他们说些什么。法利先生虽然去过巴黎，但也听不明白他们的语言。

岁月匆匆，很快又到了夏天。炎热的天气，两位老太太几乎不出门了，她们常常一整天窝在阴凉的客厅里。甚至到了晚上，她们也不出来，老仆人会出门帮助她们购置一些需要的食物。有时候，会有一些老先生和老太太来做客，他们会被请到楼上，然后坐在一起品尝咖啡。这对姐妹把客人的到来视为一件大事。客人离开后，她俩通常会说上好几天。有时，她们也诚挚地邀请法利先生一起喝咖啡。法利先生很高兴地过去，有一次，他把我也带了过去。两姐妹亲切温柔地抚摸着我，那种感觉让我难以忘怀。她们把我端详一阵后，又还给了法利先生，还夸赞我是一个精致迷人的木娃娃，还觉得我应该换一身漂亮的装束。

从那次后，没过几个星期，法利先生又被两姐妹邀请跟她们的一个朋友喝咖啡，还嘱咐法利先生把我也带过去。这次，她们的朋友是个老绅士，个头不高，留着白胡子，脚上穿着一双漆皮鞋子。她们介绍说，这位老绅士是她们哥哥的一个朋友，他这次来是找姐妹俩帮忙，借一件她们的母亲曾穿过的绣花裙，用于参加棉纺织品展览会。这可是一件盛事呢，甚至比狂欢节还重要。姐妹俩为此想到一个主意，打算让我去展会当模特，把她们年轻时穿过的时装展示给会场上的人看。她们认为，只有她们那个年代的衣服才是最漂亮、最优雅的。她们说我有一副不同寻常的表情，而且我个头小巧，用不了多少布料就可以给我做一身衣服。她俩会亲自为我量体裁衣，把我打扮一番后，由这位老绅士把我放在展览会上，等展览结束后再把我还给法利先生。我遇上了这样的好事，心里乐开了花，只等着法利先生同意了。还好，他很赞成她们的做法，而他正好也准备离开一两个月，去几个农场给人画像。

"你们拿着娃娃，我很放心。"法利先生向她俩鞠了一躬，"她的确该接触一些女性朋友了。她已经和我这个单身汉在一起待了很长时间了。"

霍斯顿小姐和安妮特小姐把我带到楼上的一个小房间里。在接下来的几个星期里，我成了她们生活的一部分。她们的家里有红木和花梨木家具，在她们房间的屋顶下挂着一个她们父亲在世时在巴黎买的镀金黑色时钟。壁炉台上有个俊美的小瓷人立在正中间，他的头发是卷的，上身穿着花马甲，腿上穿着及膝马裤，一副懒洋洋的表情。她们称他为罗密欧先生，并始终认为他是这个家庭的一员。他的拇指和食指之间有个空隙，她们每天清晨都会在那里插上一枝鲜花。安妮特小姐每周用湿布仔仔细细地给他全身擦一遍。我还记得安妮特小姐擦拭他的情景——站在一把破旧的红木椅子上面，一条浅紫色的围裙系在她的纤细的腰间，她用细长的双手擦拭着他身上每一个地方，从不放过任何死角。我想她们把罗密欧先生当成一个活生生的人了，而不是一个充当摆设的小瓷人雕像。而罗密欧先生也很高傲，根本没有注意到我也在这间屋子里。

为了给我做一身新衣，姐妹俩可花了不少工夫。由于我参加的是

棉纺织品展览会，所以要求衣服必须是棉的，为此姐妹俩在一起讨论了好几天。后来，有一天，一大早醒来，姐妹俩突然同时想到了一个好主意。

"姐姐，"安妮特小姐有点不好意思地说，"我想到了我们珍藏的那块婚礼手绢。"

"嗯，"霍斯顿小姐点了一下头，说，"昨天晚上，我也想到了它。我们拿出来，看它大小是否合适。"

她们叫老仆人拖出来一个陈旧的大箱子。她们先从里面拿出了一件丝绸裙子，这件裙子的色泽非常明艳。箱子里还有下列几样东西：一双可在脚踝上绑丝带的尖头鞋，一条薄薄的蕾丝面纱，一双精美的露指手套，一本用银线装订的祈祷书和那块她们想到的婚礼手绢。这些东西是她们的外祖母、妈妈和几个姨妈结婚的时候用的。姐妹俩小心翼翼地把箱子里的东西一件一件拿出来，视它们如生命一般珍贵。她们把手绢捧在手心里，很是激动。当年在南方的种植园，她们的曾祖父用自己亲手种植的棉花纺成了这块手绢。她们的曾祖母在法国的一个女修道院里学过刺绣，并在这块手绢上绣了一朵花。曾祖母出嫁时就是拿的这块手绢，后来家族里每位姑娘结婚时都会带着这块手绢。家里人都认为没有这块手绢，婚礼就不完整。可是，如今家里只有霍斯顿小姐和安妮特小姐了，再不会有人结婚了。想起这些，她们俩就难受地哭了。

"快来看，"霍斯顿小姐说，"这些玫瑰花环上还有鸽子。咱们小时候多希望长大后能用上这块手绢。可是，咱们俩都与这块手绢无缘。就不说我了，但你本可以是一个美丽的新娘啊。"

"唉，姐姐，"安妮特小姐叹了一口气，"我倒没什么，但是你等了朱利安·查佩尔那么长时间，却等来了他战死的噩耗，就在北方佬攻占维克斯堡的战役中！"

"岂止我一个人，北方佬杀死了很多人的未婚夫，"霍斯顿小姐回

答道，我发现她的双颊发红，"哦，战争实在是太残酷了。我们深受其害，没人比我们感受更深刻了。"

我想，有些北方佬也会说出同样的话。这让我想起普莱斯家的露丝，当她得知她的未婚夫诺顿在战场上受伤时也是无比的心痛。天意弄人，我现在竟然和他们恨之入骨的南方人生活在一起，而且这些人也对我很好。这有点不可思议，作为一个娃娃我有点儿想不通。

我正回忆过去时，安妮特小姐突然说要把我打扮成新娘的样子。

"是个好主意。"霍斯顿小姐说，"参加这个展览会就是要告诉人们，我们种植的棉花是最好的，所以我想曾祖母不会反对我俩的做法。"

在动手剪开这块手绢之前，姐妹俩一遍又一遍地测量、设计。她们还翻出了以前的时装书，剪出很多小巧的纸样，这是为了在合理利用每一点布料的同时，把我打扮得明艳动人。她们先用平纹棉布给我做了一件衬裙，上面的羽毛样针脚和褶边很精致，我想米莉小姐见到这样的针线活也会赞叹不已。经过多次讨论，她们决定保留我的旧内衣。因为当时的习俗，新娘的服装要包括一些旧的、借来的和蓝色的。她们洗了我的内衣，让我从里到外都干干净净的，但她们对我内衣上的名字感到困惑，不知道是谁绣上去的。我的内衣腰带上被她们扎上了一个蓝色的蝴蝶结。接下来只用考虑借来的东西了，她们说不必去借什么，因为我就是被她们借来参展的。许多天来，她们都在昏暗的客厅里为我制作新衣服。她们常常关着百叶窗，因此街上的叫喊声听起来很柔和。

一天下午，衣服总算大功告成，姐妹俩像两个孩子一样快乐。我被她们放在桌上的一本祈祷书上，她们就那么静静地看着我。最后，安妮特小姐长出一口气，摸了摸我的面纱。

"姐姐，"她的声音充满了敬意，"我有点不敢相信我们能做得这么好。这一定是上帝派天使来帮助了我们。"

"的确，"霍斯顿小姐表示赞同，"如果我们能有多的布料，给两只

袖子都镶上边，那就太完美了。"

她们把我给了她们那位朋友，那位老绅士兑现了他的诺言，把我放在展览大厅里一个显眼的地方。我在一个玻璃柜的中间一层，我的上层和下层展示的都是精美手工制品。我的手里被人塞了一束用蕾丝纸折成的小白花，使我看上去无比优雅。我的面前有一张卡片，上面写着姐妹俩是如何用精致的棉布为我做成新娘礼服的。有时，我面前人潮拥挤，但我在玻璃柜里，隔着玻璃，听不到她们夸赞的语言。

但是，我所在的位置能看清展厅里的一切。在最初的几天里，我发现人们的衣服和过去有很大的不同，为此我还惊讶不已。自从我从干草仓里被救出来后，虽然也去过很多地方，但很少见到过这样时髦的衣服。现在，我算是饱了眼福。女士们的衣服多是紧身的，但袖子宽大。她们还有着不同的发型，有的有刘海，有的是卷发，有的是大波浪，但她们总是戴着一顶不太大的软帽，那帽子和蝴蝶结差不多大，就卡在她们的头发上。

我看到小女孩们被她们的父母牵着来看我，这让我很失落。然而，她们都很喜欢我，这也让我很欣慰。我知道，虽然服装的款式在不断变化，裙子时长时短，但娃娃总归没变。当看到有些小女孩很想要我，却无法把我带回家而哭泣，或者紧紧地贴着玻璃柜看我的时候，我就满心愉悦，比听到州长或其他名人的赞美还要高兴。

几周后，有一天，展厅里来了一位身材魁梧、皮肤黝黑的男人，他穿着一件有黄铜纽扣的蓝色外套，手里牵着一个八九岁的又瘦又黑的小女孩。小女孩的着装打扮不像其他来展厅的女孩那么优雅整洁：衣服的扣子全掉了，裙子也皱巴巴的，外套也脏兮兮的。她的头发是黑色的，刘海看上去很久没有打理，都快遮住眼睛了，手里拿着一把破红伞。她一次又一次地来到我的展柜前，如果不是展厅要关门了，那个穿蓝色外套的男人都没法把她带走。第二天一大早，她又来盯着我看。她就像一匹没有被驯服的小野马，穿蓝色外套的男人只能任由她。

能看得出，她性格倔强，不达目的决不罢休。很明显，她想得到我。

后来，那个穿蓝色外套的男人每天早上都把小女孩带来，中午再接走她去吃午饭。饭后，小女孩又会来到我的展柜前，直到关门才离去。这种情形一连过了很多天，我为这个女孩对我的强烈兴趣感到得意。她的黑眼睛非常锐利，很快她就发现我的玻璃展柜上的钥匙有几分钟没有拔出来。

事情是这样的：展厅的负责人刚刚带领一群贵宾观看了这里的展品。其中有一位贵宾想近距离地看一下我，负责人只好打开玻璃柜，把我拿出来给他看。大家相互传着看我，对我连连称赞。之后，负责人又把我锁进了玻璃展柜。然而，正当他要拔钥匙时，不知被什么东西分散了注意力，接着这群贵宾就跟着他去了别的展厅。确切地说，除了那个小女孩，其他人都离开了我所在的展厅。她终于等来了期盼已久的机会，悄悄地朝我走来。她快速看了一下周围，确定没人注意她，然后就去转动那把玻璃柜门上的钥匙。打开门后，她一把就抓住了我，迅速关上了柜门，把我塞进了那把她随身携带的破红伞里。

我经常会想，当负责人回来，发现我丢了会有什么样的反应。他一定傻傻地盯着展柜，不相信我就这么没了，但钥匙还好好地插在锁里。没有人能解开这个谜团，而我早已被小女孩带出了展厅。显然，小女孩很狡猾，做得神不知鬼不觉。她拿着装有我的红绸伞走出了展馆，装出一副什么事都没有发生的样子。而当大家察觉时，她早就走远了。

这个小女孩很快就找到了穿蓝色外套的男人，因为我听见她跟那个男人说话的声音，我认为跟她讲话的应该就是那个穿蓝色外套的男人。我听见那个小女孩叫他"爸爸"，还说她很累，要回到"晨耀"号上去。

"好吧，莎莉，"那个男人说，"等我算好这一趟棉花的运量了，就带你回去。"

我在伞里待着真不舒服。里面太狭小，晃动时，伞架还会戳在我身上，想想我的面纱和漂亮衣服的荷叶边肯定被磨坏了。莎莉曾有一次伸进手来摸我，看我是否还在里面。我得承认，她很有勇气，我也有点佩服她。没几个像她这样大的孩子能如此悄无声息地做这种事。

没过多大会儿，我就被带上了"晨耀"号。这是一艘航运船，主要往返于新奥尔良和密西西比河上游之间，其中，它前往密西西比河上游时运送的是棉花，而返回新奥尔良时带的是商品和货物。虽然我很遗憾不能继续参加展会，但我很兴奋，因为我再次有机会上船了。而且，我还幸运地成了另一个船长女儿的娃娃。

但我不能像过去那样随意地出现在甲板上。事实上，这个叫莎莉·卢米斯的小女孩，甚至在她自己的船舱里，都不敢把我拿出来。她把我藏在用香草编成的篮子里，并把篮子放在一个她一伸手就能够到的架子上，这样她就能很容易地把我拿出来。尽管什么也看不到，可我能听见周围发生了什么。莎莉刚刚从伞里拿出我的时候，对我的态度有些怪异，可以说又敬畏又喜爱。她有些粗野和喜怒无常。有时，她像看外星人一样地盯着我，仿佛要看穿我的木头身体似的。有时，她又把我搂得紧紧的，说她有多爱我。一开始，每次我都被她的行为吓到。但后来，相处时间久了，我也就习惯了她这种奇怪的行为方式。如今，在这间安静的古董店里，我仔细想来，突然意识到这个可怜的孩子很少有机会和她同样大的孩子一块玩，所以也不知道如何与娃娃相处。莎莉从小无人管教，她的妈妈身体不好，住在一个遥远的种植园里，无法照顾她。而她的父亲又常出门运货，所以，只要莎莉愿意上船，她父亲就会带着她，而她很多时候都非常愿意跟着她的父亲。

上船不久，我就习惯了船桨的划水声和发动机有节奏地运转的声音。中途，船停了好几次，因为船长要在沿线码头卸货物。那切兹是一个码头城市，那里环境优美，有许多古老的白色房子和非常丰富的植被。也就是在那里，我听见卢米斯船长从报纸上读到了一则关于我的消息。那是一份几天前的报纸了。

"莎莉，来看看有什么消息，"船长坐在甲板上说，"这则消息是关于你在展览会上特别注意的那个木头娃娃的。"接着，他就开始读：

展览会上木头娃娃离奇失踪

木头娃娃在展览会上神秘失踪，主办方说娃娃失窃的原因不明，娃娃所穿的嫁衣是拉若比姐妹用传家宝做的，警方正在全力破案。举报者将会得到奖励。

"嗯，你怎么看呢？"他笑着问道。

莎莉一声不吭。我想，她这样的态度应该会让人感到意外。

"我们来分析一下，"但她的父亲并没有察觉到不对劲儿，接着说，"娃娃是前一天失踪的，而这张报纸已经过了三天了，当时你也在展览会。那时你见到那个娃娃了吗？"

"是的，前几天我见过她。"莎莉平静地答道。

就莎莉这句回答而言，她并没有撒谎。我想知道如果她爸爸知道我此刻就在离他不远的篮子里，会怎么想。

"报纸上说，这个娃娃是借来的，身上的衣服是专门为参加展会而做的，"他一边看报纸一边说，"展厅的人都在找这个娃娃。娃娃展厅的负责人说，他只离开了几分钟，等他回来，发现钥匙还挂在玻璃柜上，但娃娃已经不见了，周围也没人看到是谁拿走了。他立刻就拉响了警报，在现场盘问每一个人，但一无所获。他们怀疑是内部人干的，由于太害怕又不敢送回去。"

过了很长时间，莎莉才开口说："爸爸，如果他们找到了拿走娃娃的人，会怎么做呢？"

"怎么做？"船长已经开始读另一个消息了，"就是对付小偷的方式，把他关进监狱里。不管怎样，和我们没有关系，我们去的时候娃娃还在那里呢。"

莎莉突然唱起了歌："我一点也不在乎乔，哦，不，不，也不在乎约瑟夫……"这首歌是她最近才学会的。然后，她又溜回自己的船舱，停止了唱歌。她发现周围没人，就把我拿出来盯着看，她脸上的表情很奇怪。在朦胧的月光下，我刚好能看清楚她的样子。

"我才不管那张报纸上都说了什么呢，"她低声说，好像是下定了决心似的，"我是不会把你送回去的，他们也抓不住我。"

突然，她给了我一个大大的拥抱，然后把我放进了她的篮子里。不一会儿，我又听见她在甲板上大声唱起了歌。她的声音太大了，以至于她爸爸叫她"别唱了"，她才上床睡觉。

他们之后就没有再谈起过我。即使后来报纸上又刊登了我的消息，但船长已经没有兴趣再念出来了。与此同时，船长更忙了。我们正逆流而上，基本不再停靠码头。偶尔，莎莉会把我拿出来。每当这时，我就快速透过船舱的窗户向外看，只见船桨不断泛起棕色的浪花，岸两边有大片的棉花田和甘蔗田，很多黑人在田里辛勤地劳作，高大的树木上长满了苔藓，拥有白色圆柱的老房子不时出现。我真想多看几眼两岸的风光。

在一个星期天的早晨，我的愿望总算实现了。船在一个旧码头停了下来，卢米斯船长要上岸去拜访一位老朋友。那位朋友住在离这里有两英里远的一个大种植园里，因为他要跟老友处理很多事情，没工夫照看莎莉，所以没有带上她。莎莉可以选择待在床上，也可以选择上岸到处转转。船长走后，有些船员到岸上去玩了，其他的人无事可做就躺在甲板上睡觉。没有人理会莎莉，因此她就带着装有我的篮子来到了岸上。她走了很远，直到船上的人都看不见她了，她才大胆地把我拿出来，光明正大地和我玩。

当时刚过中午，火辣辣的太阳照在小木屋上，也照在匆匆忙忙赶往教堂的人们身上。赶路的那些人都是黑人，他们手里拿着用大棕榈叶做的扇子，还捧着成捆的鲜花。有的人怀里还抱着一个棕色的小婴儿。

莎莉和我跟在他们后面进了教堂，我们和那里的孩子坐在一起。教堂里人太多了，挤在一起比外面还热。小婴儿低声哭泣着。虽然大家不停地扇扇子，但蜜蜂、苍蝇和其他飞虫还是嗡嗡地乱飞，赶都赶不走。牧师站在讲坛上，讲得很起劲，还不停地挥舞着手臂。我听不懂他讲的内容，只对几句话有点印象。不过有一段话对莎莉产生了很大影响。

"兄弟姐妹们，"牧师在讲台上往前倾了一下，对大家说，"我要告诉你们，如果有人破了八大戒律中的偷盗戒，将会受到严厉的惩罚。你们当中就有人因为偷盗东西而进过监狱，吃过苦头。如果你们不知悔改，还去偷窃东西的话，将会受到更加严厉的惩罚。你们不要心存侥幸，以为没人知道，我告诉你们，你们做得最微小的过失都逃不过我们万能的主的眼睛。他不仅对你们的行为明察秋毫，还能洞察你们内心的恶！"

听完牧师所说的这番话，莎莉身体都僵了。她直直地坐着，眼睛盯着牧师。我能猜到她脑子里在想什么。教堂里有些孩子已经躺在木板上睡着了，还有一些在一旁玩闹，但她仿佛定住了似的，对周围一切没有反应。后来，教堂里的人都站起来开始唱赞美诗，做祷告，但她还是静静地坐在那里。再后来，牧师带领大家去河边了，她才起身跟在大家后面往外走。

看着别人在河边受洗是件令人兴奋的事。牧师很激动，直接走进齐腰深的河水中，招呼那些想洗清罪恶的人来到他身边。但我觉得，应该到一条干净的河流里去洗清自身的罪恶。但没有人在乎这里浑浊的河水，都纷纷向牧师走去。其中，有穿着白色裙子的年轻女孩，有长着明亮大眼睛的年轻男子，还有比莎莉还要小的孩子。妈妈们把婴孩托付给旁人后，也和其他人一样走进河里接受牧师的洗礼。每来一位受洗者，牧师的情绪就高涨一分。

人们都在河边忙着受洗，突然，一阵雷声响起，然后就下起了大暴雨。人们惊恐万分，四散跑去。我想人们是把雷雨和牧师的训诫联

系在一起了。这时，牧师也从河里跑了出来，他一边跑一边告诫人们，还说雷声就是上帝对那些不忏悔，不接受洗礼的人的警告。

莎莉也开始朝"晨耀"号跑去。这时，乌云滚滚，一道道闪电划过天幕，狂风肆虐，树木左右摇晃。莎莉加快了步伐，累地喘着粗气。突然，只听"咔嚓"一声，一棵树被闪电劈成了两段。我从未听过如此大的雷声，见过如此厉害的闪电。莎莉吓坏了，哭着往前跑，祈求上帝原谅她。

"哦，我的上帝，"她哭泣着恳求道，"请您别用闪电劈死我。我知道，我犯了偷窃罪，从展厅偷走了西蒂。我已经知道错了，我一定会改错，接受洗礼的，请您这次饶过我吧。"

尽管她如此哀求着，天空又闪过一道闪电，劈断很多树。

"上帝啊，您听见我的忏悔了吗？"接着，她的耳边又响起了雷鸣般的声音。

"哦，上帝！"她大声呼喊，"您听到我的忏悔了吗？您放心，我这就把西蒂还回去。求求您，别惩罚我了，让我回到爸爸身边好吗？"莎莉歇斯底里地哭着，祈求着。虽然雷声很大，但我还是听清楚了她的哭诉。她跌跌撞撞地朝"晨耀"号跑去。我很清楚自己接下来的命运。

微信扫码收获

有声图书在线收听

诵读背景音乐

世界百科小故事

第十五章

我了解了很多东西

摩西并不只是一个人乘坐着柳条筐顺流而下的，他还有个姐姐在一旁悉心照顾他。我就没这么好的运气了。而且，密西西比河的水一定比尼罗河的水要浑浊。虽然莎莉的篮子给了我一些避雨的地方，但里面还是涌进了很多水。那场暴雨持续了好几个小时，还一直有电闪雷鸣。我不知道莎莉是否已经安全回到船上，又会不会为把我丢进河水里而后悔，下次去教堂是否会向上帝忏悔。也许，像她这样一个性格古怪的孩子，很快就会忘了我。不过，我也只是猜测，事实到底如何无从印证。

就这样顺着河流漂着，不知何时我就漂不动了。然而，我发现我没有停在芦苇丛中，也没有被埃及的王子救起来，而是停在了几根木桩中间，是几个划船捕鱼的黑人小孩发现了我。起初他们只是想要个篮子装鱼饵，却看见我躺在篮子里。不过，他们还是很开心的，我听见他们咯咯地笑了一阵，后来一个叫古奇的小个子男孩说要把我带回家送给他的小妹妹凯瑟琳玩。之后，他们就把我扔在船底，继续划着船钓鱼去了。我仰面朝天躺在船上，被渔网、渔线、鱼饵以及一群活鱼包围着。不久，又有几只青蛙和一只海龟做伴。小海龟的嘴巴不停地开合的样子有些吓人，我就只好呆呆地看着蓝天、白云和晃眼的太阳。

"这总比漂在水里好，"我想，"太阳快把我晒干了。要我没招惹那只小海龟，我想它也不会咬我的。"我感到身上的泡湿的衣服开始慢慢变硬，脸上的泥浆也开始结块。"听说泥巴还能美容呢。"我自我安慰道。

太阳快落山时，古奇和他的小伙伴们把船拖到泥滩上面，拿着各自捕获的成果回家了。他们都住在一个个小木屋里，都有很多兄弟姐妹。小木屋旁边有个房前伫立着白色圆柱的大房子，这座大房子坐落在一些高高的长满了苔藓的老橡树后面。种植园的另一头是人们的耕地，但棉花都已经收割完毕运走了。这会儿是九月底，正是农闲时分。在种植园干活的人都已经拿到了收割庄稼的工钱，一个个高兴坏了。

凯瑟琳和《汤姆叔叔的小屋》中的托普西的样子很像，她一看到我就宣称："这个娃娃非我莫属。"

"这个娃娃是从哪里弄来的？"古奇的妈妈站在炉火旁，一边搅玉米粥一边问他，"你不会是从那个大房子里偷来的吧？"

古奇告诉了她事情的经过。她高兴地说："臭小子，你总能从河里捞到一些好东西。"

虽然小木屋里住的人很多，显得很拥挤，但我们相处和睦融洽。当凯瑟琳和其他孩子一起出去玩的时候，总是不忘记带着我。这里的孩子们光着脚丫在泥地上跑，扬起一阵阵尘土。我爱听他们唱歌，因为他们的歌声很好听。到了晚上，小木屋里总会响起音乐声。凯瑟琳和其他孩子睡着后，大人们还兴致勃勃地拨弄起吉他或者班卓琴，这些曲调我从来没听过。

第一次听到这种音乐时，我联想到在荒岛上听到的土著人击打的皮鼓声。当然，这两种声音都饱含激情，但调子并不一样。当我听到这样的音乐时，真想能站起来和那些年轻人一样有节奏地舞动。他们的舞蹈是另一种风格，和我见过的华尔兹很不一样，但却很吸引人。

有时，他们也会唱歌，唱出的充满异域风情的伤感歌曲我也很爱听。他们的歌词里有《圣经》里的人，我听出了摩西、鲸鱼、约拿和大卫王的名字，这让我有一种他乡遇故知的亲切感。此外，我还很喜欢听《轻轻摇

晃的马车啊》《我的上帝啊，早上好》等歌曲。尽管现在已经过去了那么多年，那里的小孩子也已经长大成人，但他们的歌声和弹奏声依然清晰地在我耳边回响。

这里的冬天比北方好过一些。快到十二月时，大家都忙里忙外的，因为大房子里将举办一场宴会，连孩子们也被邀请参加了。我祈祷那一天到来时凯瑟琳能把我带在身边。圣诞节的前一天，所有的孩子都打扮整洁。凯瑟琳找来一块印花棉布，说要给我做一身新衣服。事实上，这件新衣服也就是在这块布上面剪两个洞，这样我就能伸出我的胳膊，然后用一个别针把布固定在我的背上。不管怎样，我还是很高兴能有东西遮住我那破烂的新娘装了。凯瑟琳穿着一身鲜红的衣服，非常引人注目。她的头上梳了11个同样绳结的小辫子。为做这个漂亮的发型，她可没少受罪，她的姐姐海蒂给她扎辫子时很凶，还说要是她不好好打扮就进不了大房子。

事实上，进大房子并不难，因为大房子里的主人——上校和他的女儿们慷慨友好。厨房里有一张长长的桌子，桌子上面摆满了鸡肉、馅饼、汉堡等美食。我从来没有见过这么多好吃的，客人来了，都围坐在桌旁，不一会儿就把这些美食都吃进了肚里。

吃饭时，凯瑟琳一直把我放在她的膝盖上，前往大客厅时则一直把我抱在胸前。一走进客厅，我们就惊呆了，这里就像仙境一般：绿丝带缠绕在所有的楼梯和窗户上；桌子上有上百只蜡烛闪着烛光，在镀金的镜子前显得更加璀璨；屋子的尽头有一张摆满礼物的大桌子。这些礼物的后面站着上校与他的两个女儿。上校的头发花白，其中的一个女儿身材丰满、打扮时尚，她的两个小儿子都是一头卷发，穿着天鹅绒套装，正忙着给大家分发礼物。另一个女儿苗条安静，她还没有出嫁，一直和她爸爸生活在一起。后来我才得知她就是大家常提起的"霍普小姐"。

孩子们都跑到桌子跟前，像一群蜜蜂一样嗡嗡作响。凯瑟琳个子小，还没分到礼物就被别的孩子挤到边上去了。小孩子的礼物是糖果和玩具，大孩子的礼物则是衣服和工具。大家你争我抢的，一阵混乱，我担心凯瑟琳永远也拿不到属于自己的礼物。幸好，霍普小姐看见了我们的窘境，把我们叫到她身边。凯瑟琳一时激动地不知说什么，只是呆呆地朝霍普小姐咧嘴笑，并把我抱得紧紧的。有可能是凯瑟琳的衣服比较显眼，也可能是霍普小姐的眼睛锐利，总之，直觉告诉我：改变我们命运的时刻到来了。

"啊，多么奇怪的木头娃娃！"霍普小姐把我拿在手里边看边赞叹。她的手指纤细白净，还戴着几个红宝石和绿宝石戒指。

她很快把我给她姐姐看，并问道："劳拉，你还记得咱们当初在展览会上看到的木头娃娃吗？"

"记得呀，怎么了？"她姐姐正忙着递礼物，头也没抬地说。

"你知道，那个娃娃神秘失踪了，报纸上还登过这个消息。"霍普小姐说，"我看这就是那个消失的木头娃娃。你看一下她的身材和脸上的表情，一定是的。"

我被她俩拿到灯光下仔细研究了一番。然后，她们脱下了我的印花衣服，当看到我里面的破烂新娘服时，她俩就确信无疑了。接着，她们叫来凯瑟琳，让她说出我是怎么来的。凯瑟琳紧张地说不出话来，小脸憋得红彤彤的。后来，她们又叫来了古奇。古奇解释说是几个月前划船时在河里发现的我，把我打捞出来后送给了凯瑟琳。

"我们得立马还回去，"霍普小姐说，"我记得报纸上说她是被借来展览的，丢失后，大家几经周折也没找到她。"

听到这些，凯瑟琳难受极了，扑在妈妈怀里就大哭起来。

霍普小姐看到凯瑟琳这样也很难过，因为这时孩子们已经把桌子上的娃娃抢光了。后来，霍普小姐只好拿着我，带着满脸泪水的凯瑟琳来到她楼上的房间内。她的房间很大，但只点了两根小蜡烛，所以有些昏暗。她的那些金银首饰和象牙梳妆用品在烛光的照耀下闪闪发光，她有一张罩了幔帐的大床，一张撒了一些玫瑰花瓣的桌子立在床头，窗帘和椅罩上也有一些玫瑰花的图案。一个有着玻璃门的橱柜立在房间的一角，我隐约看到柜子里有一些瓷娃娃和玩具。霍普小姐把我放在书桌上，然后走到橱柜那里，并从里面拿出一个东西后，又走到凯瑟琳身边。

"关于这个娃娃的事，我真的很抱歉，"她对凯瑟琳说，"但她不是我们的，得让它回到它主人身边。但是，我准备送给你一个我小时候的娃娃，她叫玛格丽特，是从法国来的，她身上穿的衣服是我的奶妈给她做的。"

凯瑟琳整个人都呆住了，太让她意外了，霍普小姐把娃娃递给她时，她都没反应过来。霍普小姐只好把娃娃塞到她手里。那个瓷娃娃很漂亮，头发还是真的，身上穿着一条白裙子，系着一条粉红色的腰带。凯瑟琳拿到娃娃后，急忙跑下楼，她高兴极了，希望把这份快乐传递给更多人。

我在霍普小姐的房间舒舒服服地待了很多天。她往展会那边寄了一封信。她把我穿的破衣服拆了进行清洗修补，她很喜欢那块结婚手绢，但是它现在又破成这样，无法修补，她也感到惋惜和难过。相对来说，我的衬裙的布料还算结实，完好无损。里面的平纹细布内衣很旧但也没破，虽然我的名字已经褪成了淡红色，我想这内衣的材质和花楸木一样结实。

"我越来越喜欢这个娃娃了，"有一天，霍普小姐对她爸爸说，"我真舍不得她。你看那可爱的脸蛋，多招人喜欢。"

"是啊，"她爸爸看了看我，"她不光模样好，气质也好。现在都见不到这样的娃娃了。"

多年来，我一直记着上校的这番话，这对我是多大的褒奖啊，每次回忆起来我都不禁喜上眉梢。

不过，霍普小姐还是没有把我留下，她觉得我应该回到属于我的那个人身边。她把我放进木头盒子里，在盒子底部垫上了一些棉花，然后封上蜡，寄给了展会那边。

我也不清楚自己在路上走了多长时间。我只知道，有一天盒盖打开后，几个人正在讨论如何处置我。他们用很粗暴的方式检查我，看得出他们一点儿都不喜欢我。霍普小姐的信比我到得早一些，他们收到信后跟展览会的主办方取得了联系。但展会已经结束好几个月了，他们也不知道该怎么办。他们还去找了那两位老太太，但其中的一位生病了，另一位也不知道

法利先生去了哪里。因此，他们中有人把我扔进一个桌子的抽屉里，在那里，我过了很长一段时间，只有抽屉偶尔被打开时，才会有人看我两眼。

有一天，我听说有人知道了画家在哪里。"这是他以前在纽约的住址，把这个娃娃赶快寄过去吧。"

就这样，我又被装进那个盒子里，寄了出去。旅途的颠簸暂且不说，让我闹心的是法利先生实在太难找了。邮递员几乎每到一个地方都会打听法利先生的下落，但是没有一个人知道。

"好吧，"有个男人说，"看来我只能把它送到死信处了。"

听到这句话时，我的心都凉了。我知道自己很快就会被烧成灰烬或者撕成碎片了。那是我人生中的一段非常黑暗的时期，虽然我用我的花楸木的特质安慰自己，说没准儿自己能逃过这一劫，但我还是乐观不起来。

让我万分恐惧的那一天终于来了。我感到一个男人举起了装我的盒子，然后用力摇了几下。

"查理，这有个盒子和一些包裹，你都拿走吧，"我听见那个男人说，"盒子很轻，是木头做的。要是里面装着珍珠项链，你就走运了。"

当时，我并不知道发生了什么事。后来才知道每过一段时间，那些无人认领的死信就会被人买走。当然，买之前没人知道里面有什么，所以这有点儿像赌博。不过，还是有很多人来买，说不定会碰到好运气。

买到我的那个人打开盒子后很失望，他希望里面是金银珠宝，而不是我这么一个木头娃娃。围观的人也觉得他的运气太差，冲他一阵嘲笑。后来，我被另一个人用一块彩色的肥皂换走了。

新买主带着我和其他包裹走了。由于他的包太满了，根本塞不下我，他就只好把我拿在手里。后来，他又在街边小店买了一包烟。点烟时，他把我放在了柜台上。但他抽完烟离开时把我给忘了。过了一会儿，盒子被打开了，我看见一个胖乎乎的女士低着头正打量我。

"哦，是个娃娃啊。"她说，"怎么忘记拿走了，我猜他是给孩子买的。先放在架子上吧，等他回来再拿给他。"

至于那个人有没有回来找我，我就不知道了。因为就在第二天，有人把我的盒子和很多别的盒子一起带走了。

"我想这可能是店里最上乘的陶土烟斗了。"我听见有人说。

当然，他只是看了其中的一个盒子，就觉得别的盒子里装的也是烟斗。就这样，我被当成烟斗卖了出去。我只知道当时的大概情况，因为我在盒子里什么也看不见，只能靠耳朵听到零星的几句话。等我的盒子再一次被打开的时候，面前一个脾气暴躁的男人在破口大骂，抱怨那个店员犯了个愚蠢的错误。

"我说，"他怒气冲冲地说，"我本来满心期望打开盒子时看到的是一个烟斗，结果却看到一个又老又丑的娃娃。真是郁闷！都怪那个傻瓜伙计！"

当时我就想我有那么糟糕吗，看到我也不算是什么坏事啊。这么多年来，我无论走到哪里都备受欢迎，可我没想到他竟然这么羞辱我，太让我郁闷了。更气人的是，他恶狠狠地把我摔在桌子上，而我又从桌子上弹跳到了硬地板上。且不说我的骨头摔疼了，他还伤害了我的自尊。

那个男人摔完我就出去了，他的妻子把我捡起来，擦干净，放在窗台上，然后就去做晚饭了。我醒了醒神，发现自己正在一个公寓的厨房里。从窗户往外望，正好可以看见一个火车站。不论白昼黑夜，都有轰鸣的火车冒着一团团黑烟进进出出，附近的东西都罩上了一层煤灰。站牌也不例外，只能勉强辨认出"自由小站"这几个字。

没过多久我就知道了这家人的情况，那个男人是火车站里的售票员，而他妻子则在小站旁边开了一个卖饭的摊位。她每天在家里把饼干、馅饼和甜甜圈等做好，然后外加一大罐咖啡，带着去摊位卖。当火车还没有到站时，有时她会回一趟家，有时则会在候车室看别人扔下的报纸和杂志。因此，她知晓的事情很多。

"吉姆，"两天后，她问丈夫，"要是你不要这个木头娃娃，我想拿她做个试验。"这话听起来真瘆人！然而，和她丈夫比起来，我还是更喜欢

和她待在一起。她丈夫嘟囔了一句，表示同意。然后，她拿出一本时尚杂志，翻到做针线活那一页。

"你知道，"她手里拿着卷尺，一边给我量尺寸一边对我说，"尽管你穿得差一些，也不是我想要的瓷脑袋娃娃，但我觉得你也可以。"

接下来的几天时间里，我都在一旁提心吊胆地看着她忙活。后来，她把我放在她的针线包里，里面有一些针头、线团、破布、胶带等东西。她还把活儿带到了车站，准备利用空闲时间去做这些。最后，我从她和邻居的聊天中才知道，原来她想把我做成一个针线插。

"我准备照着书里的样子做一个娃娃针线插。"她对邻居说，"要用布包裹住娃娃全身，露出她的脑袋和手，再在她的腿上插上针线。这个旧娃娃我先用来练练手，等学会了，再买一个新娃娃。如果我做得还不错，下个月去教堂参加集会时，我就把她放在义卖台上。"

就这样，我成了一个针线插！我不喜欢她这样摆弄我，但也束手无策，只能无奈地看着她撤掉我的衣服，然后给我换上祖母绿的绸子。让我难堪的是，她要把我的下半身缠上棉布，还好她没有脱下我的内衣。之前，我还抱怨老货郎没有尽力给我做出可以灵活自由的腿脚。不过，现在一想到我的腿脚将被永远包进棉布里，没法再露出来了，我就为自己曾经对它们埋怨而深感后悔。

其实，做一个针线插说不上难受。可是，原本这些年还算灵活的下肢突然间和自己分离了，我一时习惯不了。更让我难以接受的是，我的苗条身材没有了，现在鼓鼓的像个气球一样，要多难看就有多难看。而且，我一看见人们往我身上插针，我就心生恐惧。每当这时，我就会想起当年米莉小姐满嘴含着大头针的情形。总之，教堂集会那天，我一点儿也不开心。

第十六章

回到阔别已久的故乡

在集会的义卖台上，女士们都围着我看，似乎都很喜欢我，这让我提起了一点儿精神。这次义卖是为了给传教士募集资金而创办的，当我得知这一点时，回想起了当年在海岛上的那段经历。如果这些善良的女士们知道，我曾被当作圣物在小庙里供奉，肯定会大吃一惊。

有几个人对我很感兴趣，认真打量了我一番，差一点就把我买下了，后来又因为别的原因购买了别的物件。之后，一位名叫麦琪·阿诺德的女士走了过来，她看见我后眼睛都发亮了。

"一个娃娃，"她说，"作为生日礼物送给洛埃拉姨奶奶很不错呀。为了给她选个礼物，我的脑袋都快想破了。她马上就过 75 岁的生日了，她倒是什么东西都不缺，可我就是想送给她一件特殊的礼物。"

就这样，她把我买走了。

然后，我来到了洛埃拉姨奶奶家。她住在波士顿的一所大房子里。不过，她看到我时并没有显得有多高兴。老太太当时穿着一件黑绸衣，戴着一副老花镜，坐在桌前读着生日卡片，然后从盒内拿出了我。不过，我发现她在用一种挑剔的眼光看我。

"嗯，"她放下我，说，"麦琪·阿诺德为什么要送给我这个玩意呢？

我的针线插已经够多了，足够送给一个孤儿院的孩子了，而且这个针线插古里古怪的。"

"哟，洛埃拉小姐，您怎么这么说？今天您还过生日呢。"她的老仆人擦着桌子埋怨道。

那天下午，大房子里来了好几个给她祝寿的人。我安安静静地坐在桌子上，对屋内发生的一切我都一清二楚。之前关在盒子里那么久，现在呼吸到自由的空气感觉真好。而且，这间大房子里有很多我喜欢的东西：炉子里面的煤火烧得正旺，镶有金边的老画框悬挂在精美的雕花家具上，架子上面摆的全是书。客人中，有一位身穿裘皮斗篷，头戴软帽的老太太。和洛埃拉姨奶奶相比，这位老太太显得娇小和气得多，这让我想起了安妮特小姐和霍斯顿小姐。主宾两个人亲热地坐在火炉边，一边喝茶，一边聊天。她们以前是老同学，彼此以"洛"和"帕"相称。

"桌子上那是什么呀？"帕小姐放下茶杯，问道。

"哦，那个呀，"洛埃拉小姐不屑地说，并把我拿起来放在帕小姐的膝盖上，"这是我的孙侄女送给我的生日礼物。她能记得我的生日，并且还送来一个礼物，按理说我应该感到高兴才是，可我就是不喜欢这个东西。"

很明显，帕小姐对我很感兴趣。她捏了捏填充在我下身的棉絮团，看我是否有下半身。她还戴上眼镜，把我拿到眼前仔细打量。

"我觉得，"她最后发表意见说，"如果这仅是一个针线插，她的确很普通。但从娃娃的角度来看，她还是与众不同的。瞧瞧，她多不一般啊。我要有个这样的娃娃就好了。"

听到她的称赞，我心里一阵温暖，我的双脚也想活动起来。让我更欣喜的是，洛埃拉小姐要把我送给帕小姐。

就这样，我到了帕小姐的家里，她收藏了很多的娃娃，我也成了她们中的一员。她可是个有名的娃娃收藏家呢。当她扯下包在我身上

的棉布和一些填充物，发现我的木头腿和脚完好无损时，别提有多开心了。

"跟我之前想的一样，"她对她的女仆说，"她的腿脚灵便可爱，关节处也都完好无损。看，内衣上还绣着她的名字。"

她高兴得像个孩子，立马拿出针线盒，要给我做一套新衣服。

"帕梅拉小姐，这个娃娃有多大了？"她的女仆问道，这位女仆看上去对我很感兴趣。

"这个难说。"我的新主人说。她用食指敲了一下我的木头身体，然后用一块浸了油的麂皮轻轻地给我擦脸，"可能有100岁了。我的姨妈以前也有过这样一个娃娃，但是我这个娃娃比她的好多了，你看她的模样多惹人喜爱，表情多自然。"

"是啊，在您收藏的这么多的玩具娃娃里，这个娃娃的表情是最逼真的，"女仆说，"她不仅长得甜美可爱，而且神气活现的。"

这些话给了我极大的安慰。最近经历了一系列不愉快的事情，能听到这样的赞美，我还是极其高兴的。

帕梅拉小姐给我做了一条跟她儿时款式一样的衣服，布料上还带有枝叶一样的花纹。我的那件旧内衣也被她洗得干干净净，熨得平平整整的。她视我为最珍贵的藏品，把我放在写字台上的一把黄色摇椅上。只要有客人来她家，她就把我像珍宝一样拿出来让客人看。不过，她时常念叨她对我过去经历的种种一点也不清楚，也无从了解，这让她有些遗憾。这让我有了倾诉的愿望，可是我不能开口说话。当时虽然写字台上的墨水瓶开着口，纸张也摊开着，但由于没有鹅毛笔，我也无法写下我的故事。

在帕梅拉小姐家的这段日子里，我也有一个遗憾，那就是我没有见过她收藏的其他娃娃。本来还觉得来这里是了解同伴的一个好机会呢。据说帕梅拉小姐收藏了好几百个娃娃呢，她们穿着各个时代的服装，被放置在后厅的架子上。

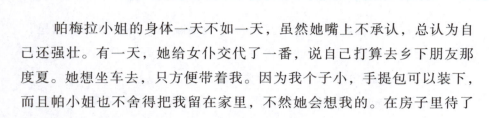

帕梅拉小姐的身体一天不如一天，虽然她嘴上不承认，总认为自己还强壮。有一天，她给女仆交代了一番，说自己打算去乡下朋友那度夏。她想坐车去，只方便带着我。因为我个子小，手提包可以装下，而且帕小姐也不舍得把我留在家里，不然她会想我的。在房子里待了这么久，终于有机会出门了，我的心情美美的。

遗憾的是，我被装在手提包里，一路上什么也没看见。我只好自我安慰，也许到达目的地就好了。然而，目的地还没到，我的命运又发生了变化。帕梅拉小姐从手提包里找手套时，把我拿了出来。

"亲爱的，先帮我拿一下这个娃娃，"她对朋友说，"车跑得太快了，我怕她会被颠出去。"

这话刚说出口就出事了。当时我们乘坐的车正行驶在乡间大道上，由于前面道路宽广，没有其他的车马，我们的车就狂奔起来，就像被施了魔法似的极速向前。这种车和我以前见过的马车不一样，并没有我过去见过的马车高大。道路两旁的树木飞速地从眼前掠过，车子下面发出突突的声音。具体我也说不清楚，好像有个老太太伸出手来准备接我时，我们的车子正好猛地一颠，然后我就被弹了出去。

然后，我就发现自己落在了一棵大松树下面。我听到两个老太太对一个穿制服的年轻人交代了几句，然后那个年轻人下车，顺路开始寻找。虽然他到处仔细地找了，却还是没有找到我。过了一会儿，帕梅拉小姐也从车里下来找我。他们可能没有想到我蹦得这么远，而且我周围都是青苔和树根，这也加大了他们寻找的难度。最后，我只好眼睁睁地看着他们无奈地开车走了。听着车子越走越远的声音，我感到很不安。

自从莎莉·卢米斯在那个可怕的暴雨天把我扔到密西西比河里，我已经很多年没有独自在野外生活了。对于一个习惯了安逸的人，突然面对这种变化，还是很难适应的。

好在我从车里摔下来的时候不是头朝下，而是保持了一个侧身躺着的姿势。周围的树根像一把扶手椅一样围住我。我沿着路望去，发

现了一片牧场。当时应该是七月份，天气很暖和，路两边和田地里长满了雏菊和山柳菊，从远处还传来了潺潺的流水声，头上的松枝沙沙作响，声音是如此的熟悉。

"要是不能待在帕梅拉小姐身边，那这个地方也不错啊。"我默默地想。

天色渐渐暗了下来。无垠的夜空上群星闪耀，一阵阵狂风从牧田那边猛吹过来。我似乎还听到了远处传来的海浪声，究竟是不是海浪我也不能确定。多年来，我一直待在百叶窗和棉布窗帘后面，而今天当我再次看到阳光洒在茂密的松枝和绿草地上时，感觉异常美妙。不久，我的裙子被露水打湿了，暖阳一会儿就晒干了。鸟儿们在我周围欢快地歌唱。我过去见过这些鸟，那还是在普雷布尔家的时候。但由于这些年一直在城市里生活，这些鸟儿的名字我都不记得了。也许我又回到了乡下。

当时我并不敢确定我已经在乡村了。差不多一周后，才有人发现我。直到那时我才知道，我真的回到了故乡——缅因州。

接下来的生活，我就不多说了。因为日子太平淡，没什么特别的经历可讲的。我只是不断地从一个地方被带到另一个地方，居无定所。

还是回到路旁的松树枝那里吧。有一天，一群年轻人来到这棵大松树下野餐。这群人吵吵嚷嚷的，姑娘们穿着紧身衣，一点儿也不斯文，我颇为吃惊。我宁可独自留在这个地方，也不想跟他们走，可是他们发现了我，还肆意嘲笑我，其中有个小伙子还对我做出了有伤风化的举止，可那些姑娘们却大笑不止。他们吃完午餐后顺便把我也带回到马车上。他们坐的真是那种由马来拉的车。不过，一路上我们碰见了很多没有马拉也能跑的新型车，我听见他们叫"汽车"。

让我高兴的是，这帮人并没有把我带走。他们还马车时忘记了我。所以我在车子的后座上待了好多天。不过，我很开心住在马厩里。我听进进出出的人说，这里就是缅因州，离波特兰很近。

　　后来又有一帮人来租马车，这次是马车夫发现了我。他不知道怎么处置我，后来就把我放在了他的办公室的窗台上。那年的夏天干燥闷热，强烈的阳光透过窗户直接照射进来，晒得我的衣服都褪色了，身上积满了厚厚一层土。马车夫年龄很大了，行为做事比较老派，他对汽车没什么好感。每当有汽车陷进泥坑需要拖出来时，他就很开心，因为他的马车派上了用场。

　　后来，马车夫将我送给了他的女儿凯丽。凯丽已经结过婚了，在法尔茅斯街上经营着一家小饭店。每次听到熟悉的地名，我就很开心。有时，我甚至希望可以和菲比·普雷布尔见上一面。但是，我清楚我的想法有点不切实际。帕梅拉小姐说过，我已经上百岁了。而我从马车夫办公室的台历上看到，过去的岁月远比我想象的要多，虽然表示年份的第一个数字仍然是"1"，但第二个数字已经由"8"变为"9"了。接下来的两个数字是"13"。不知不觉间新世纪竟然已经到来了，我成了一个跨世纪的娃娃。

　　我来到了凯丽家的餐馆。可是，她不让孩子们和我玩儿，这让我有些郁闷。

　　"贝茜，我告诉你，"她和妹妹一边吃着大盘的草莓蛋糕，一边聊天，"如今有人肯出大价钱买旧东西了。上个星期，一个男人看到我家厨房里的旧桌子，还用小刀划了一下，说桌子是用枫木做的。有人愿意花20元钱买下它呢。"

　　"啊，有什么好的，难道他们疯了？"贝茜说，"不过，这也是件好事呢。你为什么不卖掉它呢？咱们可不能像爸爸那样保守，人家要买我们就卖。"

　　"我正打算卖呢，"她干脆地回答道，"我想了很长一段时间，我得先把前厅清理出来，把收集来的旧东西都摆在那。你去农场的时候，把那边的旧东西也带过来，然后我让吉姆写个牌子'出售旧家具'。说不定还有人相中这个木头娃娃呢，不知道能不能卖一元钱。"

凯丽说到做到，很快她就把前厅清理好了，大厅里摆满了她收集来的旧东西。她丈夫开玩笑说，这里像一个"垃圾堆"。我就待在一个蛀了虫的垫子上。在接下来的两三年里都没有人说要买我。冬天到了，屋里一点儿也不暖和，顾客比平时少了很多，生意很冷清。而夏天就不一样了。有一天，一位矮小的老太太走了进来。她的头发已经全白了，但面色红润。她轻轻地抚摸着每一个东西，这让我想起了帕梅拉小姐。当她指着我问价钱时，我高兴极了。

"哦，两元钱。"凯丽对那位老太太说。要是生意好了，来的人对她这里的东西感兴趣，她就会抬高价格。

我内心很紧张，生怕老太太认为价格高不买我。她把我拿了起来，动了动我的手脚，看是否完好，又仔细检查了一遍。

她对同来的一位女士说："我本来想买几个动物瓷器回去放在架子上，却被这个木头娃娃吸引了，她真可爱啊。"

"说不定是个古董呢！"那位女士说，"我看她挺丑的。"

古董！我第一次听到这个词，后来这个词就常出现在我身上。让我感到欣慰的是，老太太并不嫌我丑。我希望她永远不会为那两元钱而后悔。

尽管被老太太装在袋子里，我还是能感觉到自己坐在汽车上，要是能看到窗外的风景就更好了。

我希望老太太有个孙女，这样就有人和我玩了。不过，我这个简单朴素的愿望落空了。我接下来的生活就是待在一个摆满古玩的架子上。房子里只住着我的新主人和她的女佣。很多人前来参观她屋子里的旧物件。在这里的第一天晚上，老太太坐在壁炉前看书时，我四处打量着这个屋子，发现那个餐具柜的样子很眼熟。壁炉上有个嵌进去的小壁龛，壁龛的门上还刻着一个字母"P"。我简直不敢相信眼前的一切，于是又睁大眼睛看了很多次，以确定自己没有看错。这就是普雷布尔家，我就是在这里出生的，我的人生就是从这里开始的。没想到，这么多年过去了，我又回到了这里。

如果眼前的这一切不够让人信服，窗外那棵古老的松树是错不了的，我曾经在那棵树上待过！没错，我回来了。当天夜里，我静静地坐着，听着窗外夜风吹过松树的沙沙声，这是多么熟悉的声音啊！

后来，在这里生活了一段时间，我才知道老太太是怎么住进这里的。我知道她不是菲比，但我希望她是普雷布尔家的亲戚。希望总归只是希望。有一天，她对客人说，她对这所房子并不了解，只知道这所房子的主人姓普雷布尔，是一个船长。她之前一直想找一所能在夏季吹到凉爽的海风的房子放她的收藏品。后来，她觉得这所房子正合心意，就买下了。

和她在一起的日子过得很平淡。通常，她只接待前来看古玩的客人。而她出去收集新藏品时也从不带上我。她很喜欢各种各样的瓷器小动物。所以，架子上摆满了小猫、小狗、小鸡、小羊、小猪之类的小瓷器。我觉得仿佛置身于动物园中。这里每增加一名成员，我就失望一次。可能是因为我过去和真实的动物打过交道，对这些冷冰冰的小玩意儿打不起一点精神。我总会想起荒岛上的那些灵巧聪慧的猴子，还有干草仓里那些温暖体贴的田鼠们。

老太太通常在城里过冬，走之后就把这里的门锁上了。冬日里没人烧炉火，屋里十分冷清。透过百叶窗的缝隙，我可以看到外面冰天雪地的景象。有时，教堂里的钟声随风传入我的耳际。这钟声一定就是从我曾经去过的那个教堂里传出来的。我还想知道，那本插图版的《圣经》是否还在那个长椅下面。就这样，我在这里度过了好几个冬天，无聊时我就回忆过去的生活；当然，我还是盼望着老太太赶快回来。

冬天过去了，春天来到了，多么令人开心啊。门窗重又打开，外面又是一番新的景象。门前的道路两旁开满了深紫色的丁香花。从我所待的地方望过去，能看见一大片果园，就在老松树的后面。歪歪扭扭的苹果树花苞的颜色粉粉嫩嫩的。还有院子里的蔷薇花、灌木丛、金针花等，和以前一样繁茂。老松树上的乌鸦们又开始发出呱呱的叫声，我不禁想，这些乌鸦会不会是我当年讨厌的那群乌鸦的后代呢。

第十七章

我被拍卖了

又一个春天来到了，但是老太太没有回来。窗外盛开的丁香花，她是看不到了，我真替她感到遗憾。炎热的夏天也过完了，还是没见到老太太的身影。

不知不觉就到了九月，有一天，几个陌生男人打开大门走了进来。他们仔仔细细地巡视了每一个房间，不放过房里的每一样东西。要是老太太看到他们这样随便翻弄她的东西，一定会生气的。他们拿了很多写有数字的标签，给家里所有的东西都贴上了，连那些瓷器小动物也不例外。他们把我的标签挂在我的脖子上，上面标着的数字是"77"。

"弗兰克，"我听见其中的一个人对一个胖家伙说，"楼上的东西全都贴好了标签，应该能拍卖出好价钱。"

"天气好的话，应该不成问题。"那个胖家伙斜着眼看着马路对面云杉树后的落日，"看样子明天天气不错。如果我猜得不错，不少游客会从很远的地方赶过来。"

"是啊，先生，"他们收拾着文件和笔，另外一个人说，"这将会是一场非常热闹的拍卖会。如今古董这东西，大家可都是争相购买，都疯狂了。"

　　听到他们这样说，我有些不安起来。即便强迫自己不去想它，可是一看到脖子上挂的那个卡片就又提醒了我。让我感到欣慰的是，我再也不用和那些瓷器小动物待在一起了。他们把这些小动物按照不同品种分成了好几堆，每一堆一个标签，他们认为这些小动物没什么价值，就没有单独给它们贴标签。

　　第二天一大早，他们就兴致勃勃地来了。那是一个凉爽的秋季清晨，阳光和煦。他们在屋子里忙活了好长时间，才把所有的家具都从楼上搬了下来，然后放到院子里的草地上。我被安置在前厅的一个箱子上，那里视野极好，我看到很多汽车朝房子这边开来。10点时，路上停满了汽车，院子里的人也极多。看到他们的衣装打扮，我大吃一惊，尤其是一些妇女和女孩子，因为她们穿着汗衫和短裤，露出了胳膊和大腿，这要让普雷布尔太太看到，一定是无法接受的。

　　很快，来这里的人们就注意到了我。他们似乎对我很好奇，粗鲁地拿着我颠来倒去，还会动我的胳膊和腿脚，甚至还掀开我的衬裙和衬裤看。

　　"古董啊，古董啊。"到处都是这句话。现在，我才明白昨天那个男人说的话了，人们对古董这东西确实挺疯狂的。

　　他们中也有对我友好的人。其中有个穿黄色连衣裙的漂亮小姑娘，她的头上戴着一顶草帽。她很文静，从不吵吵嚷嚷，和我过去的几个小主人有些像。她看起来差不多六岁，必须由带她来的那位女士把我从箱子上拿下来，她才能够看清我。

　　"阿姨，我想要这个娃娃，"小姑娘哀求道，"我爸爸给了我一元钱，能买到这个娃娃吗？你看她个头那么小，还晒得那么黑。"

　　那位女士笑了笑，说："莫莉，她身上的漆掉了才变黑的。而且，她排在77号，要等好久才轮到她呢。"

　　"我就要这个娃娃。"小姑娘着急地说。

　　小姑娘的话和她放在我膝盖上的木樨草给了我很大的鼓舞，让我

熬过了接下来的难挨时光。

此外，还有一位老先生也很关心我。他留着白胡子，穿着灰色西装，胸前挂了一个圆形单片眼镜。当他想仔细研究东西时，就会把那个单片眼镜放在眼睛前面。他轻轻地把我拿起来，借助他的那个眼镜看了我好大一会儿。他的眼睛观察得很仔细，敏锐地发现了我内衣上绣的名字，又转动镜片瞧了一会儿。

"这个娃娃不一般，是具备我国早期风格的一件艺术品，现在很少能见到了。"他轻轻地很小心地把我放回箱子上面，对旁边的一个人说道。

然后，他去了别的房间。可是，昨天那位胖家伙恰巧听到了老先生的话。我看见他在一张长条纸上写下了几个字，又跟一个同伴嘀咕了几句。然后，他朝我竖起大拇指。我从他这个动作判断出他刚才写下的、说的东西与我有关。

拍卖会就要开始了，我还是头一次听说什么叫拍卖。

人们又一次聚集在屋外的院子里，有的坐在箱子上，有的坐在椅子上，只要能坐的东西基本上都坐了人。那个胖男人站在门口的台阶上，面前摆着从厨房里搬出来的一张餐桌。他的同伴端着一托盘瓷器狗出来，放在了他面前的桌子上。我看他一只手举起了手里的大锤子，我还以为他要敲碎那些瓷器小狗呢，心中既难过又惊恐。

不过，很快我就弄清楚是怎么回事了。

当胖子宣布一个价格后，坐在下面的人就开始喊价。一开始，大家没什么热情，因为那位胖子高估了瓷器狗的行情，其实大家对瓷器狗没什么兴趣。最后，当他把瓷器狗的价钱降到五美元，才卖了出去。胖子心疼得直摇头，说这简直就是糟蹋东西。有时候，有个东西很抢手，拍卖现场就会热闹非凡。大家一个接一个地叫价，胖子也在一边推波助澜，每隔几分钟他就会敲一下锤子，加一次价。

还有一件事情我很困惑，那就是在我看来很一般的东西大家却争

抢着要。其中有一把铜茶壶，除了烧水没多大用，居然卖出了大价钱，还有吊水壶的铁链、烟囱吊钩和破火钳竟也有人出高价。还好普雷布尔家的人看不到这里发生的一切，否则肯定会气急败坏。

终于轮到我上拍卖桌了。我浑身紧张。我听见有人叫"77号"，然后一个人把我放到胖子面前的桌子上。我将一只手放在木槿草上，另一只手放在裙子上。我想即便被卖掉也得保持体面。这时快到中午了，微风吹拂着我们头顶上的松枝，阳光火辣辣地照着马路对面的秋麒麟和紫苑花。自从回到故乡，我还是第一次来到门外。看着眼前这一幕幕熟悉的景象，我想起了从前的很多事情，心里不禁有些激动。当胖子举起手中的锤子时，我看见下面有很多张陌生的面孔正在盯着我看。

"尊敬的各位来宾，"胖子缓缓地说道，"现在摆在我面前的是77号……"他停下来看了一下价格，人群中爆发出一阵欢快的说笑声。

"西蒂！"那个关注我的小女孩突然大声叫道，"她叫西蒂。你们看，她的内衣上绣着她的名字呢。"

大家都笑了，胖子也笑了起来。

"说得没错，"胖子接着说，"这下她更值钱了。大家都可以看到，她完好无损，四肢灵活，穿戴也很齐整。我敢肯定，她的精神头也不错。"大家听了这句话，爆发出一阵哄笑声。那个叫莫莉的小姑娘坚定地站在肥皂箱子上，手里紧紧握着那一元钱。

"不知大家有没有看出来，这个娃娃可是国内的一件罕见的工艺品呢！"他看了一下纸上记录的文字，快速念出了这句话。我当时想，如果不是那位老先生说过这话，他也不知道我的价值。

"那么，女士们先生们，面前这个一百多岁的珍稀娃娃，诸位愿意出多少钱呢？"

"我要！"莫莉急切地喊道，"我这里有一元钱。"

"一元钱！"胖子喊道，"有人愿意出一元钱要这个娃娃。还有人愿意出更高的价钱吗？"

"两元""两元五""十元"，人们竞相喊出了自己愿意出的价位。莫莉的阿姨知道莫莉很失望，走上前把她拉走了。我也很想做莫莉的娃娃，可是我身不由己，只好眼睁睁地看着莫莉离去。此时，大家的报价越来越高了。

"十五元。"最后一排有人高声喊道。

我不喜欢这个大嗓门，循声望去，发现是一个又高又胖的女人。她穿着一件粉红色的紧身连衣裙，头发凌乱，上面戴着一顶淡绿色的帽子，脸颊通红，她的样子让我联想起那个荒岛上的土著首领。可能她听说我"罕见"，于是动了心。

还好，老先生及时出手救了我。我看见他站在那棵老松树的旁边，手里拿着帽子，树枝在他花白的须发上投下斑驳的阴影。他的嘴角上扬，微微笑着，仿佛已经下定了决心。

"十六元。"他喊出了这个价位，然后又把雪茄含在嘴里。

"二十元！"那位女士马上喊。

"二十一元。"老先生接着说。

他俩谁也不甘心娃娃被对方买走，于是开始一点一点地往上抬高价格。现场的其他人都等着看最后谁能胜出。

"二十五元。"

"后面那位女士愿意出二十五元买下这个娃娃。"那个胖子压低嗓子喊道。

我又看了一眼那位女士，越发感觉她像土著首领，尤其是她的行为举止一点都不优雅，真担心落在她手里，以后日子该怎么过。

"二十六元。"老先生又加价了。

"三十元，我要定了。"那位女士尖声叫道。

那位女士和老先生争夺得如此激烈。现场的观众都露出惊讶的表情，抑制住内心的兴奋，静静地听着。听到自己的竞价，我也很吃惊。当听到报价上涨到四十元时，我都有点怀疑自己的耳朵了。想当年老

货郎把我雕刻出来时，不会想到如今我会这么值钱吧。就在这时，我听见那位女士用更加高亢的声音喊道："我愿意出五十元！"

顿时，人群中爆发出一阵惊呼。

"这位女士愿意出五十元买这个娃娃。还有人会出更高的价格吗？"那位胖子严肃地说道。

站在松树下的那位老先生没有出声。他一动不动地站在那，嘴上悠悠地抽着雪茄烟，并将那个单片眼镜举在眼前。

"五十元，第二次。"那位胖子又开始严肃地叫价。

在场的每一个人都紧紧地盯着他手中那把高高举起的锤子。

我向后望去，看见那位女士正和站在她身边的一位男士说话。她似乎胜券在握，认为老先生斗不过她了，连拍卖师的锤子是否落下都不关心了。她挽起那位男士的手臂朝一辆蓝色轿车走去。

"五十一元。"从松树那边传来了老先生的声音，我知道我有救了。

"还有人愿意出更高的价格吗？"胖子高声喊道。

"五十一元第一次，五十一元第二次，五十一元第三次"。

只听"嘭"的一声，那把锤子重重地敲在桌子上，把我震得从盒子里跌落出来。现场一阵哄笑，但我一点也没有觉得难堪，因为我知道自己获救了。我高兴还来不及呢。我看得出那位老先生也很高兴，他走到我身边，给我理了理衣服。

经过这一上午的折腾，我疲惫极了。老先生决定不等拍卖会结束就带我离开。拍卖会中途有个短暂的休息时间，我担心那位女士会再次出现把我抢走。所以，当看到老先生把钱交给他们，拿上自己的帽子和小包离开时，我异常欣喜。老先生走之前体贴地用一块真丝手帕把我包了起来，特意露出了我的脑袋，然后放在他的上衣口袋里。他仿佛猜到了我的心事，让我重温走过的路。

这是九月的一天，秋高气爽。当年我和普雷布尔一家就是在这样的日子坐车前往波士顿的。秋日的骄阳照耀在路旁的树叶和花果上，远处是碧波荡漾的大海，大海的另一边一座座小岛依稀可见。除了几栋新房子、港口边奇怪的船只和不时奔驰而过的汽车，别的景象都和当年差不多。可他们说距离那个时候已经有一百年了，我真不敢相信这个事实。

后来，老先生坐上了火车。一路上，我们欣赏了很多迷人的秋日风景。过了好久，老先生才把我放进了他的小包里。

"好了，小姑娘，"他嘴角在笑，佯装严肃地说，"我今天为了买你花了不少钱呐。我的编织地毯、温莎椅和瓷茶壶都没买成。你觉得自己值这么多钱吗？"

他正要合上小包时，火车正好从缅因州驶向新罕布什尔州。他指着窗外对我说："西蒂，你的旅程开始了。你过去肯定没有到过缅因州之外的地方吧。"

说完，他合上了小包。我对自己说："这只能说明，即使是阅历丰富的人也有他不知道的故事。"

微信扫码收获

有声图书在线收听

诵读背景音乐

世界百科小故事

第十八章

尾声

就这样，我们来到了纽约第八大街的古董店里，到这里，我的回忆就要结束了，瞧，我的纸都快用完了，我也没什么耐心了。

你也许会好奇，我怎么会从老先生的包里来到了这里，但这很好解释。亨特小姐给了老先生一大笔钱，而老先生受托为她的古董店淘一些新的古玩，老先生就买下了我。但他把身上带的钱都花在了我身上，这多少有些令人难以接受，不过亨特小姐似乎并不在乎，他们还在一起愉快地讨论我呢。

"这个娃娃真是上好的收藏品啊！"亨特小姐兴奋地说。

"是哦，她究竟是用什么木头做的，是枫木、胡桃木，还是松木？"老先生似乎在自言自语。

"这并不重要！"亨特小姐仔细打量着我，"瞧这衣服保存多好啊，都一百多年了，真让人难以相信。"

"我们哪能活这么久啊！"老先生笑了笑，他拿上包准备离开。

但这并不是我最后一次见到老先生，昨天他还来过，给我带来了一条松木的长椅。他总是想着我，几乎每次外出收古董都会给我带回点小礼物，像地毯啦，贝壳啦，或者一个精致的床架……连亨特小姐

都说他太宠我了。

有一次，亨特小姐看到老先生过来，立马把我藏起来，然后骗老先生说我被人买走了。但其实，他们都不舍得卖掉我，把我的价钱定得这么高，客人都觉得太离谱了。

在古董店这一带，我算是有些名气了。还有些人专门来店里看我。亨特小姐还在一张纸上写上我的名字，把它贴在了我的裙子上。我静静地坐在橱窗里，看着来来往往的路人，很多人会叫我的名字，评论我的长相。

"我们到那家古董店去走走，去和西蒂娃娃打个招呼。"有两个画家对我很感兴趣，他俩散步时经常会这样说。

我就这么坐着，保持着那一贯的甜美笑容，看着这些有品位的人们。

日子一天天地过去，来店里的客人似乎都会被我吸引，或许有一天他们中会有一个人把我带走，我会再次踏上新的旅程。我感觉到，似乎还有更多的奇遇在等着我。就像几天前的一个早上，我听到空中传来一阵轰鸣，路人都停下来抬头望着什么，我也努力把身子探了探，把头使劲往后仰，结果跌落到了橱窗的站台上，还好我面朝上，这样就能看到天了。我看见就在楼房上空，有一只像巨大的蜻蜓一样的东西正在展翅翱翔。

"瞧！是飞机！"路边一个孩子指着天空大叫道，"将来有一天我也能坐上飞机！"

哦，那东西原来叫飞机！我看着它越飞越远，直到看不见为止。也许，有一天我也会坐上飞机，翱翔在天空。为什么不呢？这世界每天都在变化，新的事物层出不穷，也许有一段未知的旅程正等着我们。没什么可害怕的，我精神抖擞，充满了活力。毕竟，对于一个正值花样年华的木头娃娃来说，一百年又算得了什么！

图书在版编目（CIP）数据

木头娃娃的旅行 / (美) 雷切尔·菲尔德著 ; 刘荣译 . -- 成都 : 四川人民出版社 , 2018.12

（国际大奖儿童文学）

ISBN 978-7-220-11039-9

Ⅰ . ①木… Ⅱ . ①雷… ②刘… Ⅲ . ①儿童小说—长篇小说—美国—现代 Ⅳ . ① I712.84

中国版本图书馆 CIP 数据核字 (2018) 第 228191 号

MUTOUWAWA DE LÜXING

木头娃娃的旅行

［美］雷切尔·菲尔德 著 　　刘 荣 译

出 版 人	黄立新
策划组稿	张明辉
出版融合统筹	张明辉　袁 璐
责任编辑	王其进　李京京
配 音	范圆媛
封面设计	陈广领
责任印制	祝 健
出版发行	四川人民出版社（成都市槐树街 2 号）
网 址	http://www.scpph.com
E-mail	scrmcbs@sina.com
新浪微博	@ 四川人民出版社
微信公众号	四川人民出版社
发行部业务电话	（028）86259624 　86259453
防盗版举报电话	（028）86259624
印 刷	深圳市雅佳图印刷有限公司
成品尺寸	170mm×240mm 　1/16
印 张	10
字 数	100 千
版 次	2018 年 12 月第 1 版
印 次	2018 年 12 月第 1 次印刷
书 号	ISBN 978-7-220-11039-9
定 价	29.80 元

■ 版权所有·侵权必究

本书若出现印装质量问题，请与我社发行部联系调换

电话：（028）86259453